[NAME]
Ceres

道は続いていく。
歩くことをやめない限り。

One year later

[NAME]
Jess

Heat the pig liver

the story of a man turned into a pig.

豚のレバーは加熱しろ

（n回目）

逆井卓馬

Author: TAKUMA SAKAI

[イラスト] 遠坂あさぎ

illustrator: ASAGI TOHSAKA

Contents

目次

Heat the pig liver

三つの靴 011

第一章 林檎はいつか落ちるもの 051

透明讃歌 095

第二章 水は落ちるのみにあらず 133

小さき者 173

第三章 道は果てなく伸びている 205

終わりのない旅 267

三つの靴

the story of
a man turned into
a pig.

Heat the pig liver

Four years later

あれから四年

今日が二人にとって一年で最も大切な日であることは、まずもって間違いない。

二の月、一四日。

これは共和国で唯一の元魔法使い、セレスの誕生日だ。

同時に、共和国の現議長、ノットの誕生日でもあった。

この一致は決して偶然ではない。

ノットは捨て子だった。自身の本当の誕生日を知らない。だから毎年一緒に祝えるよう、セレスと同じ日を誕生日に設定した。聞いてみればなんだと思えるほどに単純な、それが一致の理由である。

一〇年来の付き合いがある二人には、それだけの絆《きずな》があった。長く複雑な関係があった。

他の誰も知ることのできない、曲がりくねった深遠な物語があった。

五つの歳《とし》の差がある二人は今日、一八歳と、二三歳になる。

ノットは式を挙げるにあたり、どうしてもこの日にこだわった。

セレスはノットのことをよく知っている。だから、彼がどれほど強く、勇ましく、美形で、格好よく、女性人気の絶えない好青年であったところで、実質的な意味をもたない日付にこだわるようなロマンチストではないことを承知していた。

実際、ノットが誕生日を忘れかけたことは一度や二度ではない。

そもそもセレスが先んじてノットを祝うから、ノットもセレスの誕生日に気付くのだ。狩りに行ったまま戻らず、出先で思い出したのか夜遅くに走ってバップサスへ帰ってきたこともあった。セレスはノットが帰ってきたらお祝いしようと眠い目を擦って起きていたが、内心では半ば諦めていた。旅籠《はたご》の扉が開いてノットが駆け込んできた瞬間、セレスの目からは感激の涙がぽろぽろと溢《あふ》れた。ノットの最初の一言は「なんで泣いてんだ?」である。

去年は、重要な鎮圧作戦でノットが指揮を執っている最中に、誕生日が訪れた。深刻な状況が続くなか、セレスは誕生日のことを口に出せずにいた。ノットはイツネに何度も小突かれてやっと思い出し、ありあわせのワインで祝杯を挙げた。日付が変わる直前のことだった。

建国の英雄の脳内は、誰が何歳でこのあたりの日に生まれた、という情報よりもよほど優先度の高い物事で占められている。セレスと自分の誕生日を忘れかけるくらいだ。当然、他の仲間の誕生日などしょっちゅう忘れている。

ノットは、セレスの誕生祝いを忘れないよう、自分も同じ誕生日にしたのではないか——仲間たちは冗談交じりにそう言っていた。

セレス自身も、あながち間違いではないだろうと考えている。

でも、セレスはそれでよかった。

たとえ忘れかけていたとしても、慌ててでも、ありあわせでも、ただそばにいるだけの自分の誕生日を毎年祝ってくれるノットのことが、セレスは大好きだったのだ。

——だからこそ。

だからこそ、セレスの心にはぼんやりとした違和感があった。それはまるで、窓の小さな隙間から吹き込んでくる寒風のように、わずかながら無視できないものだった。

どうしてあのノットが——誕生日なんて本当はどうでもいいと思っているはずのノットが、これほどまで、二の月の一四日にこだわるのか。

セレスは毎晩のように考えていた。考えずにはいられなかった。

別に、この日でなくてもよかったのだ。この大変な時期でなくても。

建国から四年経《た》つ今も諍《いさか》いはなくならない。王朝時代の既得権益を失った有力者と、イエスマに関する後ろ暗い商売で食ってきた勢力——かつての敵同士が立場を超えて手を結ぶと、ノットたちの議会に対抗して「青色連合《バルニオン》」なるものを組織した。連合の活動は北部を中心に各地で治安を悪化させている。議会はそれに対処しなければならない。

「国を壊すより、国を建てるより、国を維持すんのが一番難しい」

とはノットの言葉だ。ノットは王の座についていたシュラヴィスに同情さえしていた。

乱世において、指導者たちの仕事は尽きることがない。

特に二の月のこの時期は忙しい。連合の中でも特に危険な北部勢力《ノザン》の残党が、北方山地の雪解けに合わせて活発化するからである。武芸と統率力に秀《ひい》でた議会の重要人物たちは自然と実戦も兼務していた。そのため、二の月はたいてい鎮圧作戦で出ずっぱりとなってしまう。

そんな時期に都で挙式すれば、当然のことながら、参加者は限られてくるだろう。

誕生日は確かに大事だが、それよりも実質的に大切なことがいくらでもあるはずなのだ。

「日付には本当にこだわらないです……だから、もう少し遅らせても……」

歳祭《としまつ》りの晩、ノットが思い立ったように日程を決めた際、セレスは慎重にそう提言した。

しかしノットはあっさりと決めてしまう。

「いいことを先延ばしにするのはよくねえ。ましてこの不安定な時代だ。お前だって、手足が一本でも多いうちに式を挙げてえだろ」

かなり無神経な物言いだったが、短い間に時代をすっかり変えてしまったノットの言葉にはそれなりの重みがあった。だからセレスは反論せず、頷《うなず》いた。

結婚を「いいこと」と言ってもらえたことで頭が真っ白になっていたのかもしれない。

それでもやはり、式が近づくにつれて不安も増してくる。

一の月の終わりに、シュラヴィスから「やはり参加は見送らせてほしい。春になったら別途盛大にお祝いする」という旨《むね》の連絡が入った際には、その不安が大きく膨らんだ。

この冬、セレスとノットは都の留守を任されていた。逆に言えば、仲間の多くは北部へ戦いに出ているということだ。

「あいつらも来られねえってことは、都合がつくのはヨシュだけか」

届いた手紙を暖炉に投げて燃やしながら、ノットは呟《つぶや》いた。

「やはりお日にちを変えますか？」

セレスが訊《き》いても、ノットは首を振る。

「いや、別にいい。十分予想していたことだ」

「そう……ですね」

セレスは同意しながらも、ふと頭に浮かんだある考えを振り払えずにいた。

ひょっとすると、ノットは招待客が減ることを内心好ましく思っているのではないか。

ノットは建国の英雄。国民からの人気も高い。女性からは特に。自分のようなどこにでもいる地味な女と誓いを立てる姿を、本当はあまり多くの人に見られたくないのかもしれない。

あえて周囲が忙しくしている時期にこだわっている――そういう可能性だってあるのだ。

文字通り足手《あしで》纏《まと》いをしている自分が、偉大な英雄の隣に並んで永遠の愛を誓う。

想像するだけで鳥肌の立つ光景だった。

「セレス、どうした？」

さすがのノットも、セレスの考え込む様子に気付いたようだった。

「……お前は客が多くて賑《にぎ》やかな方がよかったか？」

そういうことではない。セレスはぶんぶんと首を振る。

「いえ、私も少ない方がいいです。目立つのは、あまり得意ではないので」

「だろうな」

「ノットさんは――」

と言いかけて、セレスは口を噤《つぐ》んだ。

振り返ってくるノットに、セレスはまた首を振る。訊《たず》ねようとした言葉を呑《の》み込んで、胸の奥にしまった。座ったまま視線を落とす。

骨の浮き出た膝に、仰々《ぎょうぎょう》しい金具が装着されている。一年半前の痛みに満ちた記憶が蘇《よみがえ》りそうになり、思わず目を逸《そ》らして、へその辺りで組んだ手を見た。それでも陰鬱な気分は抑えることができない。

セレスは自分の身体《からだ》がどうしても好きになれなかった。この数年で背は少し伸び、体力だってそれなりについたかもしれない。しかしこうして下を見ても、視界を遮るものはない。筋力はなんとか鍛えられるが、もちろん増えないものだってある。

この身にどうしようもなく欠けてしまっているものは、努力で補充することもできない。

ドレスを着る楽しみより、ドレスに着られてしまう恐怖の方が大きかった。

式場は、都の東に去年新しく建てられたばかりの「銀《ぎん》の聖堂《せいどう》」だ。

西にあった金《きん》の聖堂《せいどう》はもはや聖堂ではなくなり、霊廟《れいびょう》として静かに日没を望んでいる。

銀《ぎん》の聖堂《せいどう》が望むのは日の出——新しい時代の始まりである。

着付けなどの事前準備があるため、二人はまだ朝日が差し込む時間から聖堂に入った。

東向きの入口の左右には、炎の英雄と龍族《ラチエルテ》の姉弟を描いた巨大なステンドグラスがある。

極彩色のガラスは冬の清々《すがすが》しい朝日を鮮やかに着色して、堂内に彩《いろど》りを与えていた。

「あれをあんまりジロジロ見るんじゃねえ。恥ずかしいだろうが」

ステンドグラスに見入るセレスの顎を、ノットは空いた方の手ですっと押した。

「ご、ごめんなさい。でも、今日は一段ときれいに見えたので……」

「気のせいじゃねえか」

ノットはステンドグラスを振り返ることもせずに言った。

組んでいた腕を解き、二人は長椅子に座って一息ついた。山肌に沿うように造られた都は高低差に富んだ街並みであり、今の二人にはなかなか堪《こた》える道のりだった。

「汗かいてるぞ」

セレスの首筋を伝う汗を、ノットが袖で拭った。

「……ありがとうございます。ごめんなさい、みっともなくて」

セレスはぼそりと言って肩を縮めた。

何も知らない人が傍《はた》から見れば、きっと二人を兄妹《きょうだい》だと勘違いしてしまうだろう。

「ドレスを着る前に、少し外で涼んできたらどうだ」

「そ、そうします」

セレスはあわあわと立ち上がって、ぎこちない足取りで聖堂を出た。

重い扉を開いた途端、鮮烈な朝日が身体《からだ》にぶつかってくる。来たときは歩くのに精一杯で、空を真正面から見る余裕はなかった。転ばないよう、ずっと地面の段差を見ていたのだ。

銀《ぎん》の聖堂《せいどう》は都のうちでも高い場所にある。聖堂前の広場からはメステリアの東側が一望できた。遠くに見えるクワガタのような入り江はニアベルだろうか――朝日に目を細めてじっと眺めながら、セレスは冷たい風を浴びた。

まるで実感がなかった。

幸せの絶頂で浮かれていてもおかしくない立場なのに、ぼんやりと夢見心地の自分がいた。

これからノットと結婚し、夫婦になるなんて……ニアベルの港に停泊した船で彼の到着を待っていたころの自分には、とても想像できなかったことだ。

あのときは、ノットに忘れられるのではないかとも考えていた。帰りたくなったらいつでも言えと気を遣われたときには、自分なんて全く必要とされていないのだと感じさえした。

あれから四年以上が経《た》ち、はたして自分は変わっただろうかとセレスは考える。

何も変わった気がしなかった。

相変わらず、役立たずで、弱くて、足手纏《あしでまと》いで――「そばにいるだけでいい」というノットの言葉に支えられて、今まで一緒に過ごしてきた。

それでもやはり、考えることがあった。

建国の英雄ノットには、ジェスやイツネのような才能ある女性の方がふさわしかったのではないか。少なくとも、決別の炎で魔力を捨ててしまった自分――もはや魔法使いでも何でもない普通の人ではなくて、魔法で傷を癒《いや》せるヌリスの方が、よかったのではないか。

一年半前のあの事件からはなおさら、そうした悪い考えが幽霊のように纏《まと》わりついてきて仕方がないのだった。

「あ、セレス。おはよ」

声に振り返ると、ヨシュがいた。珍しくジャケットを羽織っている。長くまっすぐな髪はいつも以上に整えられていて、普段隠れがちな右目が今日はきちんと出ていた。

「おはようございます、ヨシュさん」

「どうしたの、喧嘩《けんか》でもした？」

「いえ、汗をかいてしまったもので、涼んでいたんです」

「そっか」

起伏のない声で言って、ヨシュはセレスの隣に並んだ。二人で並んでメステリアの大地を眺める。若木の立ち並ぶ針《はり》の森《もり》にはまだ朝靄《あさもや》がかかっていた。

「そういえば、結局ジェスから連絡はあった？」

セレスは首を振った。

「手紙が届いていれば、絶対に駆けつけてくださると思うんです。ですから、きっと……」

「届かなかったか」

「そう思います。またお会いできるといいですが……」

うなだれるセレスに、ヨシュは微笑《ほほえ》みかける。

「まあさ、気長に待って、いつか子供の顔くらいは見せてあげなよ」

「こ、子供……」

下を向いたまま目を丸くするセレス。その様子に気付いて、ヨシュは慌てて謝った。

「ごめん。変なこと言っちゃった。気にしないで」

「いえ、そんな」

セレスにはとても想像できないことだった。今日の正午、あと数時間に迫った結婚ですら、まだ受け止めきれていないというのに。

汗が引いてむしろ寒くなってきた。そろそろ戻ろうかと考えていると、ヨシュが言う。

「まったくさ。馬鹿だよなあ、シュラヴィスの奴《やつ》も」

セレスはもう少し寒さを我慢することにして、傾聴する。ヨシュはセレスと二人で話しているとき、しばしばこうして話題を飛躍させることがあった。

他の人には言いづらいことを、セレスにはよく打ち明けるのだ。

「あのとき豚の言う通りにジェスの記憶を消してれば、あの子はどこにも行かなかったのに」

セレスには、ヨシュが今になってどうしてそんなことを言い出すのか分からなかった。

ヨシュは決して、ジェスがいなくて寂しがるような人ではない。

「……ヨシュさんは、記憶を消してしまった方がよかったとお考えですか？」

「ううん。別に。どっちでもいいんだけど」

それならどうして、とセレスは思う。でも、口には出さなかった。ヨシュは続ける。

「偶数と奇数が、それでずれちゃったような気がしてさ」

「えっと、偶数と奇数、ですか……」

その意味をセレスは一生懸命考えようとした。算術的な概念は知っているが、ヨシュがどういうことを言おうとしているのかはよく分からない。

難しい顔をするセレスに、ヨシュは少し焦《あせ》ったように手を振る。

「いや、いいんだ。これも気にしないで。遂《つい》にセレスも結婚か、と思ったら、ついね。ともかくおめでとう。ようやくこの日だ」

「ありがとうございます」

「今日でいくつになるんだっけ。一七？」

「私でしたら……一八です」

「時が経《た》つのは早いね。あんなに小さかったセレスがもう一八か。立派になったもんだ」

「いえ……私なんて、まだまだ」

いつも通りのセレスに、ヨシュが苦笑いする。

「あーあ、まだ『私なんて』とか言ってる。言葉に気を付けろとは言わないけどさ、今日くらい、もっと胸張ってもいいんじゃない？」

「ご、ごめんなさい！」

「謝らなくても……めでたい日なんだから、楽しみなってことだよ」

流し目でセレスを見たヨシュの瞳が、彼女の首筋の辺りで止まった。冬の風に吹かれて、セレスの細やかな肌は小さく粟立《あわだ》っていた。

「ごめん、話しすぎちゃったね。花嫁に風邪を引かせちゃいけない。そろそろ聖堂に入ろう」

「はい」

二人は横並びになって聖堂へ向かう。歩みを進めるたびに、セレスの脚に装着された金具がわずかにカチャカチャと音を立てた。二人ともすっかり聞き慣れた音ではあったが、鋭敏な聴力をもつヨシュは自然と話題をそちらに向ける。

「そういえば、今日は杖《つえ》、使うんだっけ？　誓約《せいやく》の儀《ぎ》の間だけ、後ろで預かってようか？」

セレスは首を振る。

「いえ、今日はそれほど歩きませんし、義足だけで。ありがとうございます」

「そうか。確かに。客も全然いないから、儀式が終わったら帰って食べて寝るだけだもんね」

口に出してから、ヨシュは自分の失言に気付いたらしい。

「あ、ごめん！　客も全然いないっていうのは、別に悪口とかじゃなくて……」

「もちろん分かってます。大丈夫です」

セレスはそう言って笑いながらも、複雑な気持ちで視線を落とし、自分の脚を見た。

足取りは我が目にもぎこちない。激動の時代を常に先頭で駆け抜けてきた英雄――その隣を歩く脚にはとても見えなかった。

自分のせいで、ノットは不自由を強いられているのではないか。

セレスがずっと懸念《けねん》してきた問題は、一年半前に物理的な事実となってしまった。その意識は今も、茶渋のようにセレスの脳にこびりついて離れない。

はたしてこのまま結婚していいのだろうか？

式の直前になって、そんな悪い疑問がどうしても振り払えなくなってしまう。

だから、聖堂に入って、お互い準備のために別々の部屋へ向かうことになったとき、セレスは最後の確認をすることにした。

「ノットさん、あの……」

着付けの部屋は隣同士だったが、厚い石の壁で隔てられている。違う扉に入ればそれまで。次に顔を合わせるのは誓約の儀のときになる。

「これが、考え直す最後の機会になると思います。だから……だから、もし不安なことがあれば、今、ここで言ってください」

「不安？　結婚にか？」

「はい……そうです」

「ねえよ」

ノットは即断した。どんなときもそうだ。悩むことはほとんどない。

この思い切りのよさがノットの強さであり、セレスもそれを十分承知している。だが今日に限っては不安が勝ってしまう。早計ではなかったのかと。

「本当に……本当にありませんか？」

「あったらここにいねえだろ。安心しろ」

ノットは不器用にセレスの肩を叩《たた》いた。

セレスはそれでも、ノットの青い目を真剣に見つめたまま。

ずっと心に抱いてきて、それでもノットの優しさが心地よくて言い出せず、一年半前のあのときだって結局は切り出せなかったことを、セレスはようやく問いかける。

「私は……ノットさんの人生の、お邪魔になりませんか」

ノットは目を見開いた。それは単純な驚きからだった。

「どういうことだ」

「ノットさんと私とでは、何もかもが違います。志の大きさも、それを燃やす激しさも、その熱で進む速さも、進んできた道のりも——何もかもが違います。それでも、いいですか」

早口に、しかし強めの口調で、セレスは言った。いつになく真剣に。

それを聞くとノットは笑い出してしまった。

「え、あの、ノットさん……」

「馬鹿なことを考えるな。違《ちげ》えからいいんじゃねえか」

安堵《あんど》の微笑《ほほえ》みをセレスに向けて、ノットは準備のための部屋に入っていった。


銀《ぎん》の聖堂《せいどう》は途中で九〇度折れ曲がった構造をしている。

これは、入口を東に向けたいという建国の英雄の要求と、祈りの対象を北方の願い星《サルビーア》にするのはどうかというかつての王の発想、それらを同時に成立させるための折衷案《せっちゅうあん》だった。

古き王朝の考え方は傷んだ果実のように棄《す》てられてきた。

第一の聖堂は黄昏《たそがれ》ではなく暁を望むようになり、崇拝の対象は最初の女王の偶像から北に輝く赤い星へと変更された。誓いを立てる祭壇は王暦以前の形式に倣《なら》って北を向いている。

結婚式の段取りも、王朝時代の方式ではなく、それ以前からあった古の方式が採用された。灰色の質素な法衣《ほうえ》を着た高位の聖職者が二人の誓約を助け、そして見届ける。

遂《つい》に式が始まると、荘厳《そうごん》な沈黙が聖堂を満たした。

聖職者の前まで来ても、ノットは緊張の色を全く見せなかった。シンプルな黒の衣装をそつなく着こなし、このときばかりは双剣を外して、ほどよく脱力して祭壇を向いている。

一方その隣、白いドレスを纏《まと》ったセレスは緊張のあまりガチガチに固まっていた。

晴れ舞台のはずだった。優雅なドレスは着付けにかなり時間をかけた。いつもは仰々《ぎょうぎょう》しい印象を与えてしまう脚も、今日ははらりと広がった裾の艶《あで》やかな輪郭に縁取られている。誰がどう見ても美しい仕上がりである。やっぱりもっと多くの人に見てもらいたかった、そんな思い上がりがあったとしても許されるほどの麗《うるわ》しさだ。

しかしセレスにはもう他のことを考える頭の余裕がなかった。ただ失敗せずに誓約の儀を終わらせたいという、それだけの思いでいっぱいなのだ。

セレスの目に入っているのは、祭壇に祀《まつ》られた願い星のシンボルと、目の前に立つ初老の聖職者と、それから隣にいるノットだけ。それ以上の情報は脳が受け付けない。

背後にはそれなりの人数が座っているはずだが、ほとんど知らない人たちだろう。

「それでは、誓約の儀を始めましょう」

聖職者が落ち着いた声で呼びかけ、古《いにしえ》の祝詞《のりと》を諳《そら》んじ始める。

メステリア第一の聖堂に仕えるのは第一級の聖職者。述べられる文句は淀《よど》みない。

実のところ、緊張しているのと夢見心地なのとでいっぱいいっぱいのセレスには、歌い上げるように紡《つむ》がれる古風な祝詞《のりと》の半分も理解できなかった。しかしすべての段取りは一言一句の間違いもない、由緒《ゆいしょ》正しき聖典通りの厳密な構文によって進められていた。

——ただ一点を除いて。

さすがのセレスもそれに気付いた。

王朝時代にすら日常会話で引用されてきたほどの有名な表現が、使われていなかったのだ。

メステリアには古くから、「四つの靴で歩む」という慣用句が存在する。

夫婦となった二人がともに歩いていくこと——二人並んで、四本の脚で、四つの靴を履き、四つの足跡をつけながら進んでいくこと。

今よりのち、終生変わらず、四つの靴で歩んでゆくことを誓約しますか

古くから結婚式における誓約の定型とされてきた言葉が、日常でも使用されているのだ。

だが今日この結婚式において、その表現が使われることはない。

誓約の儀も終盤となり、聖職者は祭壇から新郎新婦へと向き直る。

「今よりのち、終生変わらず、二人でともに歩んでゆくことを誓約しますか」

セレスとノットは口を揃《そろ》えて、「誓約します」と宣言する。

新暦五年、二の月、一四日。ここに二人は正式に結婚の契《ちぎ》りを結んだ。

しかしながら、彼らが四つの靴で歩んでいくことはない。

セレスとノットは三つの靴で歩く。

四本の脚の一つは、一年半前の戦《いくさ》で失われてしまったのだ。


式の最後に撮影があり、二人は正装のまま解放された。

今日は親しい者たちが不在のため宴《うたげ》は行われない。

ここまでくると残る客人もヨシュだけだったので、セレスとノットは気を遣うことなくそのままの服装で長椅子に座る。撮影用に汗を拭いたばかりだったが、それでも汗が垂れてきた。

「これで済んだな」

「ですね……」

性格の全く異なる二人であり、結婚式に対する考え方もだいぶ違っていたが、式を終えてからの感想は全く同じだった。やたらと疲れていた。

「二人とも頑張ったね。改めて、おめでとう」

ヨシュはそう言って小さく拍手をした。

「悪かったな。お前も忙しいのに、付き合わせちまって」

「もうさ、花嫁の前で言う台詞じゃないよ。照れ隠しにしても」

ノットが慌てて弁明しようとするのを、セレスは微笑《ほほえ》んで制止する。このくらいの言葉でいちいち傷ついていたらノットの伴侶は務まらない。

「お忙しいなか、ありがとうございました」

「忙しいって言っても、別に今は子守りしかしてないんだけどね」

「すぐ帰るのか？　せっかくだし、これから三人で一杯やっていかねえか」

すっかり飲む気になっているノットに、ヨシュは苦笑いする。

「今日は二人の日でしょ。俺は夕飯の準備をしなきゃ。みんな揃《そろ》ってからやろうよ」

二人の日と言われて、セレスの耳が真っ赤に染まった。

去年もイツネは気を遣ってきた。その日が誕生日であることをノットに思い出させたのち、彼女は眠いからと言ってすぐに退散したのだ。セレスとノットは二人で祝杯を挙げることになった。ワインを何杯か飲むと、ノットはそのまま寝てしまった。

ノットはそこまで酒に強くない。魔法使いや龍族《ラチエルテ》に比べるとかなり弱い部類だ。普段から限界まで体力を燃やし、鋼の精神力で意識を保っているため、酒を飲んで精神がふやけるとすぐに寝てしまう。

今夜はどうなるのだろう、とセレスは内心ドキドキしていた。

聖堂の正面扉が大きな音を立てて開いたのは、そんなときだった。

祭壇前の長椅子からは入口が見えない。駆け足でこちらへ向かってくる音が聞こえる。何やら急ぎの用を携えた者がやってきたらしい。

三人を見るなり跪《ひざまず》いて頭を下げたのは、赤い制服を着た、若い男の衛兵だった。

「申し上げます！」

「どうした。緊急の用事か」

ノットが素早く立ち上がった。衛兵はさらに頭を下げて続ける。

「都の下層に侵入者であります！　おそらく二名！　人質をとり、立て籠もっている模様！」

早口の報告を受けて、ヨシュがため息をつく。

「あの抜け道、塞ぎ切れてなかったんだ……ねえ君、現場では対処できなさそうなの？　難しいようなら俺が行くけど」

衛兵はいっそう深く頭を下げながら答える。

「おそれながら、不届き者たちは『議長を呼べ』と！」

しゃべるたびに頭を下げるものだから、大理石の床に額がつきそうになっていた。結婚式を終えたばかりのめでたい二人を、できるだけ視界に入れまいとしているのかもしれない。

「俺を？　なぜだ」

ノットが眉間に皺《しわ》を寄せた。

衛兵がさらに頭を下げて、今度こそ額が床にごつんとぶつかった。

「訴えがあるようでございます！　伝統を破壊する悪政を許してはおけぬ、などと主張し……

呼び出しに応じなければ人質を殺していくと！」

　ノットたちにとってはうんざりするくらい聞き慣れた主張だった。

　今、青色連合《バルニオン》の主力は北部に集結している。それ以外でこうして青色連合《バルニオン》の真似《まね》ごとをするのはたいてい、かつての有力者たちに金を与えられて焚きつけられた浮浪者たちだ。

「いつものあれか」

　そう言いながらヨシュが立ち上がる。

「だから言ってるのに。甘すぎるからあいつら調子に乗るんだって」

「仕方ねえだろ。きちんと裁くって決めちまったんだ」

　ノットは面倒そうに言うと、セレスの肩を叩《たた》く。

「すまねえ。ちょっと行ってくる。お前は……ドレスを脱ぐのに時間がかかりそうだ。ここで待っててくれ」

「いえ、行きます！　私も！」

　セレスはヨシュから金具を受け取り、ドレスの裾を捲《まく》ってすぐに脚へと装着する。

「そうか。じゃあ急ぐぞ」

　窮屈な襟元のボタンを外しながら、ノットはヨシュから双剣を受け取った。

　結婚式終わりの三人は結局、その装《よそお》いのまま現場へ急行した。

侵入者が立て籠もっているのは岩を掘って造られた家屋。複雑に入り組んでいるのが難点だった。これではヨシュの矢も届かない。しかもやたら奥深くまで続いているらしい。外からは中の様子が全く分からなかった。

衛兵たちは遠巻きに包囲するのが精一杯のようだ。セレスとノットのペースにも構わず先走るように三人を案内してきた衛兵も、その輪に加わったきり、現場には近づいてこない。

ノットとヨシュは二人で入口に立つ。扉は開いている。中の様子は見えるが、侵入者たちは奥の方にいるようで、玄関からだと気配すら感じられない。

ヨシュが黒く尖《とが》った龍の耳を発現させ、床に当てた。

人は生きて動いている限り何かしらの音を立てている。そして直接的、もしくは間接的に床と接している。硬い地面は音を伝えやすい。ヨシュにはそのわずかな音を聞き取る龍族《ラチエルテ》の耳と、音から得た情報を分析する経験知が備わっていた。

「三、かな……立ってるのは。人質のフリをして横たわってないとも限らないけど、心拍の感じからして、そういう偽装の線はかなり薄そうだ。人質は一人だけ猿轡《さるぐつわ》を噛《か》まされてる」

ノットは衛兵の不確かな情報に苛立《いらだ》って舌打ちをした。侵入者はおそらく二名と言っていたのに、実際にいたのは三人だ。この誤差が命取りになるときだってある。

「三人がいるのはどこだ」

「居間みたいなところなのかな。結構広い部屋にまとまってる。かなり奥の方だ」

「人質は？　一ヶ所に集められてるか？」

「少し散らばってるみたい。足音がないから、ちょっと分かりづらいけど」

ヨシュの報告を受けて、ノットは少し考える。

「まあ、二人で一度に飛び込んで制圧するしかねえか」

生け捕りは殺害よりも難しい。人質の犠牲を許容し、侵入者たちも殺していいのであれば、別にノットやヨシュが直々《じきじき》に戦わなくてもいいのだ。しかし議会の方針として、明確な殺意を向けてきた相手を除き、まずは生きて捕らえることが最優先となっている。

だからこうしたいかにも小悪党という相手に対して精鋭が出ることも多かった。

平和を志向し続けるのには莫大《ばくだい》な労力が必要なのだ。

ノットは後ろを振り返り、セレスの姿を確認する。赤い制服の衛兵たちの中で白のドレスは目立っていた。心配そうにこちらを見ている。大丈夫だ、とノットは片手を挙げて伝えた。

双剣の一方に装着された赤いリスタを、電撃を発生させるための黄色に交換する。

「行くぞ」

ノットは小さく鋭く言って、ヨシュを引き連れ奥に入っていく。

人質をとるような小物の割にはいい場所を選んだものだ、とノットは思った。まっすぐな廊下はなく、部屋と部屋とが複雑に繋《つな》がって入り組んだ構造をしている。照明が落とされているため、奥へ行くほど暗くなり、死角が増える。

かつての住人が奥へ奥へと空間を拡張していったのだろうか。やたらと長い道のりだった。部屋から部屋へと慎重に進んでいったので、予想していたよりも時間がかかってしまった。

最初の人質を床の上に見つけた瞬間、ノットの頭をわずかな違和感がよぎった。こういうときの直感をノットは大切にしている。人質を観察する。若い男。なぜか肌着姿だった。手足を縛られ猿轡《さるぐつわ》を噛《か》まされてはいたが、意識はあるようだった。

そして、どこかで見た顔だった。

ノットは人の名前を憶《おぼ》えるのは苦手だが、人の顔をなんとなく憶《おぼ》えることには長《た》けていた。一度ならず目にしたことのある人物だと確信する。そして、脱がされただろう服の行方を想像した。なぜ服を脱がされた？

そして思い出す。聖堂に来た衛兵が、こちらに顔を見せようとしなかったことを。

「ヨシュ、セレスのところへ戻れ」

ノットの目の動きから、ヨシュも同じ考えに辿《たど》り着《つ》いたようだった。頷《うなず》いて、来た道を駆け足で戻っていく。

ヨシュが行ったのを確認してから、ノットは考える。三人が相手の場合、自分一人では多少の不安が残る。いったん退《ひ》くのもありだろう。しかし自分はすでに侵入者へと接近している。のんびり退却している最中に後ろから襲われるのが一番よくない。

そのとき奥から何やら硬い物音がした。扉が開く音のようだった。

暗い部屋を手探りで進む。すぐに敵の気配があった。目的の居間らしき部屋には明かりがついている。あと壁一枚というところで静かに中を覗《のぞ》き込《こ》み、ノットは絶句した。

「どうした？　いるんだろうが。さっさと入ってこいや」

挑発的な口調でノットに呼び掛けてくるのは、赤い制服を着た男――銀《ぎん》の聖堂《せいどう》まで三人を呼びに来た衛兵だ。

いや、正確には衛兵ではない。

本当の制服の持ち主は、さっき猿轡《さるぐつわ》を噛《か》まされて床に転がっていた。この男は自分と体格の似た衛兵を一人捕らえ、その制服を着て変装していたのだ。

そして変装男は、白いドレスを着たセレスを、身体《からだ》の前で乱暴に捕まえていた。鋭い両刃のナイフが無抵抗なセレスの首筋に添えられている。

ノットは双剣を鞘《さや》に納めたまま、男の言いなりになって従順に居間へ入った。

「どうやってここまで来た」

半ば呆《あき》れながら、ノットは訊《たず》ねた。

「この家はなあ、奥で隣と繋《つな》がってんだ。真面目な顔でちょっと来てくれと言ったら、こいつよ、ノコノコついてきやがったぜ？　アホだよなあ」

セレスが不安定な姿勢のまま、申し訳なさそうにノットを見てくる。すぐに人を信じてしまうのは、彼女のいいところであり、弱いところでもある。

ヨシュは外に戻って、セレスがいないのに気付いたころだろうか。戻ってくるまでにはまだ少し時間がかかりそうだ。ノットはそんな計算をしながら、言う。

「何が狙いだ」

「狙い？　不当な弾圧の即刻停止だ」

「俺たちは決められた法に従って罪人を処罰してるだけだ。弾圧と言われる筋合いはねえ」

「決められた法？　誰が決めたんだ。少なくとも俺たちは決めてねえなあ」

適当に会話をしながら、ノットは居間の状況を確認する。人質を複数とられているとはいっても、すぐに危害を加えられるかもしれない状況になっているのは、ナイフを構えた変装男に捕まっているセレスだけだ。変装男以外の三人は、武器を構えてこちらを狙っている。

「人はまだ殺してねえようだな。今投降すれば罪は軽くなる。一年くらいで出られるだろう。乱暴なことはしたくねえから、どうかそいつを放してやってくれねえか」

今日はとても大事な日だったんだ、とは口に出さなかった。

あくまで優しく言ったつもりだったが、それが変装男をかえって不快にさせてしまう。

「ああ？　可憐《かれん》な花嫁様を人質に取られてんのに、やけに余裕そうじゃねえか」

男の指摘はもっともだった。丸腰のセレスは腕を摑《つか》まれ、首にナイフを当てられている。細身でいかにも非力な少女。その点を除いても、相手は四人——数の差がある。

ヨシュはまだ戻ってこない。普通ならば、絶体絶命のピンチに当たるはずだった。

しかしノットは淡々と答える。

「何度か同じことがあったからな」

言ってから、失言だったと気付いた。法執行の甘さに乗じてこうした愚行に走る革命者気取りは、やけにプライドが高いことも多い。他と同じと言われるのはさぞ不快だろう。

案の定、変装男は顔を赤くする。

「同じことだぁ？　じゃあそのたびにお前は要求を吞《の》んできたのか？　この足手纏《あしでまと》いのガリガリ女を助けるために？」

ノットのこめかみがぴくりと反応した。効いていると思ったのか変装男は図に乗り始める。

「まったく、建国の英雄様がこんな雑魚女《ざこおんな》と結婚するとはなあ。こいつに何か弱みでも握られたのか？　そうに違《ちげ》えねえよなあ！」

男の罵詈《ばり》雑言《ぞうごん》に取り巻きの三人が嗤《わら》った。

ノットはいい加減うんざりして眉間に皺《しわ》を寄せる。

「なんだお前ら、こっちが大人しく聞いてりゃ好き放題言いやがって。不当な弾圧の即刻停止とやらを訴えに来たんじゃなかったのか？」

それでも嘲笑はやまない。これが彼らの目的なのだ。本気で弾圧の停止などを願っているわけではない。軽い懲役刑しか受けないことを知ったうえで、体制に唾を吐きかけたいだけだ。

怒りの炎が、少しずつ、しかし着実にノットの身体《からだ》の内側で燃え上がる。

お前らに何が分かる。

お前らは俺たちの一〇年間を知らない。

痛みと苦しみに満ちたクソッタレな世界で、ともに歩んできた美しい一〇年間を。

「もう会話が成立しねえようだから、最後に一つだけ言っておく」

ノットはゆっくり息を吐いて、双剣の柄《つか》に手をかけた。

「お前らが何と言おうが――俺の嫁は世界一だ」

続いて起こった一連の出来事を、侵入者四人は誰も理解できなかっただろう。

まず、セレスの右足が、変装男の右足の甲を恐ろしい勢いで踏みつけた。ふわりと広がるドレスの下で起こったその事態を、周りの男たちが瞬時に把握するのは困難だ。

セレスは同時に、落ちるように上体を沈めた。通常、足を踏みつける動作は身体《からだ》を上方向に伸ばす運動を伴うため、変装男の動きも自然、それに対処する形となる――が、セレスの動きはそれと正反対で、ナイフの裏をすり抜けるように下がっていく。

非力そうな少女がそこまでできるなどとは、侵入者の誰一人として思わなかっただろう。

刹那、白いスカートがはらりと舞い、セレスの左足が男の頭を打った。大きく振り上げられた小さな踵《かかと》が見事にこめかみへと刺さる。

彼女の細い膝には、運動を強化するための魔法具が装着されていた。細身の少女とは思えな

い動きで、セレスは瞬時に男を気絶させた。

四年前から訓練に励んできたからこそ、そしてノットの援護への確かな信頼があったからこそ、なされた芸当だった。

ノットも同時に動いていた。三人の攻撃を掻《か》い潜《くぐ》るようにセレスの方へと前転。その際に、右の義足が外れて床に転がった。これはわざとだった。双剣を使った空中機動には、不自由な義足がむしろ邪魔になるのだ。

ノットが跳躍の準備姿勢に入ったところで、セレスはすかさず彼の右膝に両手を添える。膝から先の失われた脚。炎が一閃《いっせん》するのと同時に、セレスは全力で押し上げた。

それはまるで二人組の曲芸だった。

薄暗い部屋で立て続けに電撃が弾《はじ》ける。

意図せぬ方向からの急襲に、残る三人もたちまち倒れた。

「なんだ、世界一の嫁さんがいるから、俺の助けはいらなかったみたいだね」

ニヤニヤと笑いながら入ってくるヨシュに、ノットは舌打ちをする。

「遅《おせ》えぞ」

ドレス姿の花嫁は、二人の前でとにかく顔を真っ赤にすることしかできなかった。

セレスがノットとの関係について語るとき、聞き手はしばしば混乱することがあった。

「いつも私が、足手纏《あしでまと》いになって――」

「私のせいでノットさんは、あれから大きな負担を――」

一年半前の乱戦で切断され、遂《つい》に再生されることのなかった右脚。

その主《ぬし》がまるでセレス自身だったかのような話し方をするのだ。

彼女をよく知らない人はたいてい、セレスの両脚が健在で、ノットの右膝から先が失われていることを改めて確認することになる。

ノットが右脚を失ったのは全くもってセレスのせいではない。

純粋に、戦っていた相手が手強《てごわ》く、またノット自身がひどく疲弊していたからだ。

だがセレスは、自分のせいだと思っている。

自分が契約《けいやく》の楔《くさび》とともに魔力を放棄していなければ――もしくは自分ではなくヌリスがノットと深く愛し合っていれば――失われた右脚を治癒の魔法で完全に再生させることもできたはずだと、そう考えているからだ。

治癒の魔法には技術だけでなく、対象への感情が深く関係している。ヌリスの治癒魔法は、出血を止め、ズタズタになった切り口を塞ぐので精一杯だった。もちろんヌリスもそれで諦めたわけではなかった。だがノットが、他の重傷者を優先するよう説得したのだった。

「両手で剣が握れればいい。脚なんか一本くらいなくたって困らねえ」

それが戦場での、ノットの言い分だった。

右脚を失ったノットはすぐに、セレスとともに都へ帰ることとなった。

都に着いた日の晩、二人は酒場で強めの酒を飲んだ。酔いでふらつくのと、片脚のノットをセレスが支えなければならないのとで、酒場から帰る道のりは大変なものだった。

「……これでやっと、英雄も引退か」

ベッドに大の字で寝転んでから、少し赤くなった顔で、ノットはセレスにそう言った。

「ごめんなさい……私のせいで、ノットさんは……」

ベッドに腰掛け、膝から先の欠けたノットの右脚を見て、セレスはぽたぽた涙をこぼした。

「何度も言ってるだろ。これはお前のせいじゃねえ」

ノットはセレスに言い聞かせたが、セレスはまだしゃくり上げている。

「気にするな。俺もちょうど疲れてきてたんだ。ずっと英雄なんかやってることにな」

「……そう、なんですか」

「ああ。剣も魔法もうんざりだ。いつだったかあのゲス豚の言ってたことが、ようやく分かってきた気がする。剣ばかりの人生はそろそろ終わりでもいい」

むしろどこか安心したようなその顔に、セレスは驚いた。

右脚を失い、圧倒的な強さを失い、絶望しているものとばかり思っていたからだ。

しかしそうではないらしい。怪我《けが》によって、ノットはむしろ解放されたというのだ。

「おつらかったんですね」

「そうだな」

酔いによって饒舌《じょうぜつ》になったノットは、仰向けのまま語る。

「大男を殺してイースの仇《かたき》を取ったときも、残ったのは虚無感ばかりだった。懇願されてマーキスの野郎を殺したときも、レスダンでモサモサ頭のクソ野郎と剣を交えたときも……楽しかったことは一度もねえ。勝ち負けを決めるために、勝つために、仕方なくやったことだった」

「ノットさんは、優しい方です」

セレスは袖で涙を拭いながら微笑《ほほえ》んだ。

ノットの独白めいた言葉は、全部自分のためにここで紡《つむ》がれたものだと思っていた。

自分を泣かせないためにノットが用意した、本当は弱い英雄の物語——

「……少し、泣いてもいいか」

だからセレスには、その発言がすぐには理解できなかった。

「え」

「今夜だけだ。胸を貸してくれねえか」

突然のことにセレスは動揺する。

ノットが泣きたいほどの気持ちになっていたことに気付かなかったから。

そして、五年ほど前の夜の記憶が突然に蘇《よみがえ》ってきたから。

ジェスとノットが出会い——ジェスの部屋に、ノットが入った夜。深夜に豚の思考から読み取った、「胸を貸してくれ」というノットの言葉。

あの晩、本当は何が起こっていたのかを、セレスはいまだに知らない。

知るのが怖くて、訊《き》いてみたこともなかった。

混乱しているうちに、ノットの目尻から透明な涙がすっと流れ落ちた。

セレスはどうすればいいのか分からなかった。できることは、仰向けになったノットの震える肩をそっと抱えるくらい。気が付けば、崩れてしまう寸前の英雄の顔が目の前にあった。

自然と言葉が出てくる。

「……たくさん、泣いてください」

セレスがそんなことを言ったのはこの夜が初めてだった。

それからというもの、セレスは右脚を失ったノットのことを献身的に支えた。

義足と杖《つえ》があればノットも一人で歩くことはできたが、移動距離が短いときはセレスが杖《つえ》の代わりになって補助することもあった。

細身のセレスにとって、それはかなりの重労働だった。続けていくためにも、脚力を増幅する魔法具をシュラヴィスに手配してもらった。膝に装着するとリスタの力が肉体の運動を補助してくれる優れものだ。

慣れてくるにつれ、動きの自由度も上がっていく。杖《つえ》を使うより、セレスが隣にいた方が、ノットも速く歩けるようになった。ノットはやがてセレスを引き連れ鎮圧作戦に復帰した。

クソ童貞さん――本当の意味を知ってからは一度もその呼び方をすることはなかったが――に言われたことが、その後、セレスの在り方の大きな転換点となる。

「セレスの強みは誰よりも長くノットと一緒にいられることだ。魔法が使えなくたって何も問題はない。セレスにしかできないことは他にいくらでもあるんじゃないか」

右脚を失いながらも常に成長していくノットの動き。それに対応できるのは、常にノットとともにいられるセレスだけだった。数々の現場を経験しながら、ノットとセレスは少しずつ二人の動きを進歩させていった。

セレスの膝の魔法具は、単なる筋力の補助から、護身術の原動力へ。

二人三脚の歩行は、次第に二人の動きを組み合わせた複雑な機動へ。

怪我《けが》から一年半が経《た》った。

セレスのことをノットの足手纏《あしでまと》いだなどと思う人は、仲間内に誰一人としていなかった。

ただ一人、セレス自身を除いて――

日が暮れるころには後処理も終わり、二人は普段着に着替えて邸宅に戻っていた。

ウサギのパイが石窯の中でこんがりと焼け、肉と小麦の幸せな香りが室内を満たしている。

昨晩遅く、緊張で眠れなかったセレスが下準備をしておいたものだ。

西に細くぼんやりと赤が残る夜空を窓の外に見ながら、二人は向かい合って夕飯を食べた。

ノットもセレスも口数の多い方ではない。でもこの夕餉《ゆうげ》は賑《にぎ》やかだった。

なぜそんなに値が張るのか分からないほど高価なラッハの谷の発泡ワインを飲みながら、肉がぎっしり詰まったパイを会話の合間に少しずつ口へ運ぶ。

「どうしてノットさんは、誕生日にこだわったんですか」

パイがなくなるころ、セレスはずっと気になっていたことを遂《つい》に訊《き》いた。

ノットは当然のように答える。

「二の月の一四日が、セレスが一年で一番楽しそうにしてる日だからだ」

セレスはしばらく呆気《あっけ》にとられる。まさか、それほど単純な理由だったなんて。

そしてその理由が、どうしようもない勘違いに基づいていたなんて。

「違うんです……それでは、順序が逆です」

「逆？」

「誕生日だから私が楽しそうにしていると、ノットさんは本当に思われていたんですか？」

「ああ。違うのか？」

「違います」

セレスは断言する。

「私が毎年この日を楽しんでいるのは、ノットさんが毎年この日に祝ってくださるからです」

「……そうだったのか」

鈍感すぎるノットの意外そうな表情に、セレスは笑うしかなかった。

「そんなことも分からずに、私と結婚してしまったんですか」

「お前に言われたくねえよ」

ノットはグラスに残ったワインをぐいっと飲み干した。

「式の前に訊《き》いてきたよな。お前が俺の人生の邪魔にならねえかって」

「……はい」

「全くの逆だ。俺がセレスのことを足手纏《あしでまと》いだなんて思ったことは一度もねえ」

「本当、ですか？」

「何を疑ってるんだ？　今までずっと、一緒に歩いてきてくれたじゃねえか。俺はセレスに何度も助けられてきた。救われてきた。もちろん、こんな脚になる前からな」

ノットは椅子に座ったまま義足を投げ出す。硬質な音が床に響いた。

「右脚を失ったとき、そばにいてくれたのがセレスでよかった。他の誰かだったらこれほども ち直してなかった。お前がずっとそばにいてくれたおかげで、俺はここまで来られたんだ」

セレスの大きな目から嬉《うれ》し涙《なみだ》がぽろりと垂れる。

ノットはもっと早くこのことを伝えておくべきだったのかもしれない。口数が少ないのは、その理由は大きく違えど、二人に共通する短所だった。

「もちろん脚を一本失《な》くしたくらいで、俺は死んだりしねえ。だが英雄は違う。お前がいなかったらきっと、建国の英雄はそこで死んでた」

意外に思って、セレスは訊《き》く。

「ノットさんはまだ、英雄を続けるおつもりなんですか？」

英雄という立場がノットをどれほど苦しめてきたか、セレスは知っていた。もうやめたいと思っているのだと、そう勝手に考えていた。しかしノットは、セレスの問いに頷《うなず》く。

「ああ。俺はまだ、汚《きたね》え旗を引っこ抜いて、そこに新しい旗をぽんと立てただけだ。シュラヴィスの野郎とともに戦ってきて、痛いほどに思い知った——それじゃあまだ、最初の一歩にすぎねえってことをな」

「一歩なんて、そんな……ノットさんは、とても偉大なことをされた人です」

ノットは神妙に首を振る。

「俺は王国を壊し、共和国を創った。だが、壊すことよりも創ることよりも、国というのは維持していくのが一番難しい。できることなら、俺は一つの残酷な時代を終わらせた英雄としてじゃなく、一つの平和な時代を築き上げた英雄として名を残してえんだ。分かるだろ」

セレスは少し考えてから、頷《うなず》いた。

ノットはそうやって誰よりも遠くを見ることができる人だった。そしてセレスは、そんなノットの背中が大好きだった。

「これからの時代が後世に『英雄の時代』と呼ばれるかどうかは、今後の俺たちの働きに懸かってんだ。俺はこれからも英雄を続けていきてえ。それが俺の役目だ。だが一人じゃとてもやっていけねえ。だから、セレス――」

ノットは口を拭いて席を立つ。左右非対称の歩みを進めてセレスのそばに行き、その頭を優しく撫《な》でた。

「これからもずっと、俺と一緒にいてくれるか」

「……はい」

セレスは立ち上がって、ノットの頬にキスをした。

二人は腕を組んで歩き、食卓を離れる。暗く美しい夜が静かに更《ふ》けていく。

新暦五年、二の月、一四日。二人の誕生日はこうして幕を下ろした。

窓の外では粉雪がちらつき始めた。しばらくして、部屋の明かりがふつりと消える。

ベッドは厚い羽毛布団《うもうぶとん》に覆われ、その足元には三つの靴が寄り添うように並んだ。

第一章

林檎はいつか落ちるもの

the story of
a man turned into
a pig.

One year later

あれから一年

こちらの世界では、重力というものが〝発見〟されている。持っているカップから手を離せば床に落ちて割れる。水は高いところから低いところに向かって流れる。そういう決まりになっている。

上にあるものは下に向かって常に引き寄せられており、何かが、もしくは誰かが支え続けない限り、いつかは落ちる運命にある。これは抗《あらが》うことのできない絶対の法則なのである。

要するに何を伝えたいのかといえば、ものが落ちてしまったからといって、落としてしまった人がすべて悪いわけではない、ということだ。

まして不安定なものならば――例えば細い枝から今にも取れてしまいそうなほどに熟《う》れたリンゴであったならば、うっかり触って落としてしまったところで、誰が責められようか？

青い光の中、呆然《ぼうぜん》と膝をつく彼女を前にして、俺にはそんなことしか言えなかった。

物事は順序立てて話さなければならないだろう。

あれから一年が経《た》とうとしていた。

「あれ」とは何かをぼかさずに言うと、俺がジェスとお別れし、メステリアから日本へと帰還したその日のことである。メステリアは春の初めだったが、暦も気候も違うこちらでは、台風が夏を連れ去っていき、いよいよ秋も深まっていこうという時節だった。

色のない四季が一巡し、二度目の秋が訪れる。

九月に入って嫌がらせのような酷暑もようやく収まり、涼しい風に心地よさを感じ始めたある日――俺の部屋を、一人の少女が訪れた。

そしてその少女は今、俺を連れて都会の雑踏を歩いている。

俺と一緒に歩いているのではない。言葉通り、俺を連れているのだ。

哀れな俺には革製のハーネスがきつく装着され、そこからは電車に轢《ひ》かれても切れることがなさそうな太い鎖が伸びている。少女の手が鎖のもう一端を握っている。

断っておくが、これは決してそういうプレイではない。

確かに俺はそういうタイプかもしれない。人類のすべてを、全裸でハーネスだけ装着する人間と、それを鎖で引っ張りながら街中を歩く人間とのいずれかに分類した場合、俺はどちらかといえば前者になるのだろう。否定はしない。

だが、俺は訳あって全裸でハーネスを装着しているのだ。

俺は豚になっている。豚の姿になっている。

そして俺を鎖でしっかりと繋《つな》いでいるのは……ジェスだった。

事情は察してほしい。

シュラヴィスは男と男の約束を破り、ジェスの記憶を消去しなかったそうだ。よく考えてみれば、一度同じことをされたのだ。あいつに任せたのが間違いだった。

いや、正解だった、と言うべきか。

心から俺たちのことを思ってやったことなのだろう。その選択を俺は間違いとは呼べない。

シュラヴィスは正しい選択をした。その結果、ジェスは俺のことを片時も忘れず、遂《つい》には世界を越境して、俺を見つけ出してしまった。それが俺たちに起こったことだ。

一年越しの再会は、感涙だけでは終わらなかった。

まるで嵐のようだった——とだけ今は言っておこう。俺はジェスにありとあらゆるお仕置きをされたし、ここには書けないようなこともたくさん言われた。簡単に言えば修羅場だった。

何より、天使のように優しい人が俺のせいであれほど怒っているのが苦しかった。

正直あのときのことは思い出したくないし、ジェスもきっと思い出してほしくないだろう。

完全に仲直りする方法は分からなかった。それでも、時間が俺たちの関係を少しずつ修復しているように思う。そう願っている。

今では無事、概《おおむ》ね元の関係と呼べる程度には戻っていた。

……いや、戻りすぎていると言っていいかもしれない。

ジェスが小さなコーヒー店に立ち寄っている間、豚の俺は道路標識のポールにしっかりと繋《つな》ぎ留《と》められていた。たまにこうしてご主人を待っている犬を「かわいいねー」と遠巻きに愛《め》でることはあったものの、まさか自分がこちら側になるとは思いもしなかった。

「お待たせしました！」

テイクアウト用の紙コップを持ったジェスがにこやかに鎖をほどいてくれる。

〈何を買ったんだ〉

「ふれんどです。とってもいい香りがしたものですから。ぶらっくで」

まだ一七歳のジェスは日本で酒が飲めない。その代わりなのか、今ではメステリアにはなかったコーヒーに興味津々《きようみしんしん》だ。キャラ的にも、ジェスはアルコールよりカフェインが似合うクチだろう。深夜になってもコーヒーを飲みながら仕事に熱中するタイプだ。

プラスチックの飲み口を折り曲げてコーヒーを楽しむジェスの姿は、すっかり現代の日本に馴染《なじ》んでいた。服装も現代風だ。紺と白の色調はそのままに、ブラウスやスカートはこの国の店で見かけたものを模倣して創っている。チノパンとチェックシャツしか知らない俺の目にもおしゃれに映った。この少女が異世界の住人だと主張したところで、誰も信じないだろう。

「うふふ。ほんのり苦くておいしいです」

ジェスの話す言語はこの世界に存在しない体系のものである。だが、ドイツ辺りから来た留学生だと主張した方が筋はよさそうだ。

ジェスの学習能力はすさまじく、片言の日本語で日常の買い物くらいならできるようになっていた。もちろん心の声を読み取る魔法使いの能力も助けているのだろうが、まだこちらに来て一週間ほどしか経《た》っていないとは到底思えなかった。

一方の俺は、口をきくこともできず、日本での生活能力をほとんど失っている。誰かと細かく意思疎通するためには、心を読むことができる人が不可欠だ。

この世界で心を読むことができる人などというのは、当然ジェスだけである。

雑草以外のまともな食べ物を手に入れること、オートロック付きかつペット不可の自室で暮らすこと、公共交通機関を使うこと——どれもジェスの助けがなければ成り立たない。

それはまるで、メステリアで出会ったばかりのころのように。

「豚さんはすっかり、私がいないと生きていけない身体《からだ》になってしまいましたね」

地の文を読んだのか、ジェスが嬉《うれ》しそうに言った。鎖をじゃらりと鳴らしながら。

〈間違ってはいないんだが、そういう言い方をするとなんだかやましい感じがするぞ〉

「そうでしょうか……何がやましいんですか？」

〈美しい国日本では、その表現に一定の文脈が付与されてしまうんだ〉

「むう。その『一定の文脈』の内容を説明していただかなければ分かりません」

〈説明するとかなり長いぞ〉

「時間はあります。全部話してください」

さしあたっての目的地まではまだしばらく歩く。

俺はやれやれとため息をついてから、我が国が誇るサブカルチャーの歴史を語り始めた。

――物語はここから再び始まる。


大切なことを先に説明しておこう。

俺は、ジェスがどうやってこちらに来たのかは聞いているが、なぜ来られたのかは聞いていない。実のところジェスもよく分かっていないのだという。

ある日突然、キルトリの例の豚小屋の近くが陥没して、地面に穴が開いてしまったらしい。入ってみるとあらびっくり、その穴の繋《つな》がっていた先はなんと、豚レバ刺しを食べた馬鹿なオタクが腹痛で倒れた駅だった――というわけだ。

「真っ暗闇の中、必死で鎖を手繰《たぐ》ってきたんです」

そのときの体験をジェスはそう語った。どのくらい歩いたのか、そもそも地面があったのかなど、具体的なことは通ってきた本人もよく憶《おぼ》えていないらしい。

とにかく、鎖がジェスを導いたのだ。

鎖と言われて思い出したのは、俺が毒薬を飲むことでメステリアから帰ろうとしたときのことだ。遠のく意識の中で、鎖が俺を引き留めた。俺は死ねなかった。ジェスの魔法が、俺に去ることを許さなかった。

あのときのことと今回のこととは、無関係には思えないが、どのような関係があるかも分からない。はっきり言えるのは、ジェスが穴を通ってこちらに来たということだけ。

その穴を再発見することはまだできていない。開くのに条件があるのか、そもそもまた開くことはあり得るのか、開いたところで通れるのか――現時点では何も分からないのだ。

契約《けいやく》の楔《くさび》が云々《うんぬん》という話はいったいどうなってしまったのか。

世界はこのままであり続けられるのか。

俺は、ジェスは、これからどうすればいいのか。

そういったことも含めて、本当に何も分からない。

分からないなりに、俺たちは日本での共同生活をスタートさせていた。

世界と種族を超越したブヒブヒ同棲《どうせい》ラブコメのはじまりはじまり。

……ということで、必要なことはだいたいすべて説明できたのではないだろうか。

正直言って俺の人間生活はめちゃくちゃになっていたが、空から美少女が降ってきてしまったのだから仕方がない。豚になってしまった俺はジェスの助けを借りながら、とりあえずはその日暮らしで、浮上した問題に対処しまくる形で生活している。

器用なジェスは日本での生活にすぐ順応し、無力な俺のお世話もしてくれるようになった。

食事の用意から部屋の掃除、そしてお金の管理まで――異世界なのに完璧にこなしてしまうものだから、俺はいつの間にか駄目豚にされていた。

「ほら豚さん、朝ですよ！」

寝坊助《ねぼすけ》だったはずのジェスが、決まって朝七時には俺を起こすようになった。

「今日の朝ご飯はリンゴとミルクです。残しちゃダメですからね」

朝食は毎日欠かさない。スーパーで買ったものを組み合わせて栄養管理までしてくれる。

「お散歩の時間ですよ！　健康のためにもいっぱい運動しましょう！」

さらには用がないとゴロゴロしてしまう俺を連れ出して、一緒に歩いてくれさえするのだ。

「もう遅いんですから。てれびばっかり見ていないで、早く寝てください」

夜には睡眠時間の管理まで。

「眠れないんですか？　仕方ない豚さんですね。来てください。ぎゅーしてあげますよ」

おかしな夢にうなされているとそんなことまで言ってくる。

俺は豚であることを差し引いてもどんどん生活能力を失っているような気がしたが、ジェスにはそれがむしろ嬉《うれ》しいようだった。

「私がたくさん働きますので、お金の心配もいりませんからね」

そこまで言われると、さすがの俺も不安になってくる。

〈それじゃあまるで、俺がヒモ男みたいじゃないか〉

「ひ《い》も《い》……？」

〈働きもせず、生活全般に関して女性に頼りきりになっているカスみたいな男のことだ〉

「そうでしたか。素晴らしいですね！」

〈いや、全然素晴らしくないと思うんだが……〉

「決めました。今日から豚さんは、私のひもさんです！」

満面の笑みで言うジェスは、本気で俺を完全飼育するつもりらしかった。

俺が豚の姿になってしまったことによる問題を次から次へと解決してくれるのはとてもありがたかったが、過ぎたるはなお及ばざるがごとし、ちょっとやりすぎなきらいがあった。

さて。

そろそろ回想を終え、俺がスケベカルチャーの歴史を語り終えた時点に戻るとしよう。

今日のお出かけは珍しく、俺の問題に対処するためではなく、ジェスの問題に対処するためのものだ。俺たちは横断歩道を渡って、蓮《はす》の葉が青々と茂る池に到着した。

舞台は東京。上野《うえの》の不忍池《しのばずのいけ》だ。

きっと初めて見たのだろう。池から押し合いへし合いしながら伸びるパラソルのような深緑の葉に、ジェスは手放しで驚いていた。

「すごいです！　傘みたいに大きな葉っぱですね」

〈これは蓮《はす》。原産地は大陸の方だが、大昔から日本でも愛されてきた植物だ〉

そんなことを話しながら、俺たちは手近なベンチに腰掛ける。昼下がり。すでに陽光は黄色く色づき始めていたが、細かな雲の浮いた青空が心地よい秋晴れの日だ。

誰かが近くでパンくずを撒《ま》き散《ち》らしたらしく、ハトやらスズメやら、鳥たちがやたらと集まってくる。不忍池《しのばずのいけ》は餌やり禁止だと看板に書いてあるのに、不埒《ふらち》な奴《やつ》がいたものだ。

ハトくらいの大きさの真っ黒な水鳥が、てくてくと俺の方に寄ってくる。額まで伸びる白い嘴《くちばし》が特徴のオオバンだ。俺の存在に気付くと、気味の悪い真っ赤な目で怪訝《けげん》そうにこちらをガン見してきた。この辺りじゃ豚は珍しいのだろう。

ジェスが魔法で上手《うま》く誤魔化しているようで、周りの人は俺の存在を気にしない。しかし人間以外の動物には効き目が薄いらしい。不遜にも俺をつつこうとしてくるオオバンを、俺は鼻息でフンと追い払った。

コーヒーを一口飲んでから、ジェスはベンチに地図を広げた。

「さて、探しましょう！」

俺も近寄って地図を眺める。範囲はまさにこの近辺だ。書かれている文字は日本語なので、俺が読んでジェスに伝えてあげなければならない。

〈自然豊かな場所だったら、上野公園《うえのこうえん》は割と当てはまるかもしれないな。すぐそこの高台に木立が見えるだろ。大仏の顔とか古墳とか、それっぽい曰《いわ》くありげなものもなくはない〉

「ええ、有力候補ですね……」

ジェスは何かを思い出すように、ぎゅっと目を閉じる。

これが今日、上野《うえの》に来ている理由だった。

昨晩からジェスは、しばらく目を閉じていると、まるで夢を見るように、一瞬を切り取った情景が頭に浮かぶのだという。日本にやってきて俺を見つけ出したときもそうだったらしい。望遠鏡を覗《のぞ》いたときのようにぼんやりとした景色や場面がいくつか見えて、その場所が自分の行くべきところだと直感するそうだ。

なぜ行くべきなのかは自分でも分からないという。ただ、前回俺を見つけ出した実績があることから、今回も何かがある可能性が高いとジェスは踏んでいる。

ただし今のところ、ヒントは「この辺りっぽい」、「緑の豊かな場所」ということだけだ。

〈他には何が見えたんだ？　自然の多い場所ってこと以外に〉

「そうですね……本当に何でもない街並みや、何でもないもの、例えば葉っぱの上の水滴なんかがいくつか見えて……でも最後には、必ず緑の豊かなところに行き着くんです」

その街並みの一部が、ジェスも通ったことのある場所だったらしい。さっき歩いてきた周辺だ。俺が腹痛で倒れた駅はここからそう遠くないところにある。ジェスは、メステリアから日本に来て俺を探している間に、その道を歩いていたのだった。

もしかすると、と考える。今回ジェスの頭に浮かんでいるのは、日本からメステリアへと繋《つな》がる穴の入口なのではないだろうか。だとすれば大発見だ。

〈街並みに特徴的なものはあったか？〉

「ええと……特徴的……あ、道の上に橋の架かっている場所が見えました」

〈歩道橋か？　この国では割とありふれてるけどな〉

「いえ、豚さんのおっしゃるほどうきょうではないんです。似ているんですが……川に架かる橋と同じで、下の道からは橋へ上ることができないようになっていて……」

〈ううむ、難しい。立体交差ってことか？　それだけじゃ条件が絞れないな〉

言葉だけではイメージがつかめない。歩道橋に似ているなら、なぜ下から行けないようになっているのだろうか？

脳内イメージを直接転送してもらえると助かるのだが、そういうことはできない。

ジェスを見ると、また眉間にきゅっと皺《しわ》を寄せて目を閉じていた。かと思えば、「むむ」などと言いながら歩き始める。俺もオオバンから逃げるようにしてジェスについていった。

ふらふらと歩いてから、ジェスは急に立ち止まった。池を囲う柵に寄り掛かって、やたらしげしげと蓮《はす》の葉を観察。そして俺の方を振り返ってくる。

「豚さん！　このお水を見てください。なんだか真ん丸ですよ」

指差しているのは、大きな蓮《はす》の葉の上でビー玉のように丸くなっている水滴だった。

ジェスが蓮《はす》を魔法で揺らすと、水滴はコロコロと転がって葉から落ちた。

水らしからぬ振る舞いに、ジェスは目を丸くする。

「お水が転がりました！」

〈蓮《はす》の葉の特徴だ。泥の中から生えても葉が汚れないように、表面に微細な凹凸構造がある。それが泥や水をきれいに弾くんだ。カップヨーグルトの蓋に応用されていたりもする〉

「かっぷ……こ、こ、んびにに売っているあれですか？」

〈ああ、帰りに買ってみよう。面白いぞ〉

「そうですね！」

尻尾を振ってしつこいオオバンを追い払いつつ、俺は訊《たず》ねる。

〈しかしジェス、どうして突然、蓮《はす》なんかに興味をもち始めたんだ？〉

「見えた場面の一つに、このような水滴があったものですから」

そういえば確かに、葉の上の水滴が云々《うんぬん》と言っていた気もする。

〈なるほどな。同様のものを見つけようって算段か〉

「ええ。もしかすると、何かの手掛かりかもしれませんし……」

葉の上の水滴なんて無数にあるだろうし、蓮《はす》に限定したところで数え切れないくらいの水滴が乗っていることだろう。それに不忍池《しのばずのいけ》の蓮《はす》の葉とも限らない。だが、とりあえずジェスの感覚を信じることにして、俺はあまりにしつこい鳥をなんとかすることに専念した。

「……豚さん！」

オオバンに向かって噛《か》みつくフリをしていたところ、ジェスが嬉《うれ》しそうに呼びかけてきた。

〈どうした、何か分かったか？〉

「はい！　葉っぱを観察していたら、違う場面が視《み》えてきたんです！」

〈違うものか……具体的な場所か？〉

言われて、拍子抜けする。確かにそろそろリンゴのシーズンだが、この辺りに青果店は数えきれないほどあるだろう。ただ、東京でメジャーな「ふじ」などの品種はまだ出回っていないはずだ。ある程度なら店舗は絞れるかもしれない。

「違います。お店に並んだ果物ではなくて、リンゴの木があったんです。緑の豊かな場所に」

地の文だったんだけどな。

〈リンゴの木……じゃあ、果樹園ってことか？〉

「いいえ、周りにたくさんリンゴの木が並んでいる感じではありませんでした」

〈じゃあどこかの庭か、公園か。緑豊かなら、ある程度広さが必要なはずだが……〉

それらしい場所はいくつもあるだろう。まだ絞り切れない。

〈どんな木だった？　リンゴの様子は？　些細《ささい》なことでもいい。ヒントになるかもしれない〉

「えっと……大きな木で、リンゴはほんのり赤色でしたが、まだ青いものもあって……」

一つの木の中で熟すタイミングが違うのか？　とすると……。

「それで、落ちたんです。風もないのに勝手にぽとりと」

ジェスの言葉に、引っかかるものがあった。

〈ん？　勝手に落ちたのか？　腐ってたとかじゃなく？〉

「ええ。ひとりでに」

〈……なるほどな。一ヶ所だけ、心当たりがある〉

「えええ？　本当ですか？　これだけの情報で？」

俺は頷《うなず》いた。可能性は高そうだ。理系オタクの知識がこんなところで役に立つとは。

〈行ってみよう。ちょっと遠いが、ここから歩いて行ける場所だ〉


東京の地勢は西高東低だ。西から東へ、山地、丘陵地、台地、低地と変わる。上野《うえの》の辺りは台地と低地の境目になっており、台地が川に削られて高低差のある地形となっている。不忍池《しのばずのいけ》は谷底にある。西へ行くにはまず坂を上らなければならない。

道すがら、俺はジェスに説明する。

〈今この国で栽培されているリンゴには熟しても落ちにくいものが多いし、落ちやすいものには落果を防止する薬が散布される。勝手にぽとぽと落ちたら売り物にならないからな〉

「確かに、よく考えるとそうですね。つまり探すべきリンゴの木は、食べるために植えられたものではない可能性が高い――ということですか？」

〈ああ。そしてこの近くに、落ちやすいリンゴの心当たりが一つあるんだ〉

もどかしそうに、ジェスが訊《き》いてくる。

「どんなリンゴですか？　どうしてそんなものが植えられているんでしょう」

〈話は三〇〇年ほど前の科学者にまで遡る。名前はアイザック・ニュートン〉

「そのお名前だと……この国の人ではないようですね」

〈ああ。イギリスという外国の人だな。様々な功績のある偉大な科学者だが、特に万有引力の法則を発見したことで有名だ〉

「ばんゆう、いん、りょく……？」

〈あらゆるものは互いに引き合っている、そういう法則だ。俺たちが地上に立っているのは、この星と俺たちが引き合っているからであり、月がこの星の周りを回っているのは、月とこの星が引き合っているから。ニュートンはその法則を発見した〉

「それでは……私と豚さんも引き合っているんですか？」

〈そうだ。もちろん、わずかにだけどな。物を引く力は質量に比例するんだ。地球ほどの質量があってようやく、俺たちにかかる重力くらいになる〉

「法則は分かったと思います。でも、それとリンゴと、どのような関係があるんですか？」

〈ニュートンが万有引力の法則を発想したのは、リンゴが落ちるのを見たことがきっかけだった、なんていう逸話があるんだ。庭にあった木からリンゴがぽとりと落ちるのを見て、地球とリンゴが引き合っていることを思い付いた〉

「それが豚さんのおっしゃる『落ちやすいリンゴ』なんですか？」

〈ああ。とても古い品種だったんだ。熟すタイミングはまちまちだっただろうし、熟したそば

から勝手に落ちた。だからこそ、ニュートンはリンゴが落ちるのを目撃し、万有引力の法則を閃《ひらめ》いたというわけだ〉

「ほほう。なるほど」

顎に手を当てて感心したように頷《うなず》いてから、ジェスは俺を振り返る。

「では目的地は、そのいぎりすというところにあるんですか？」

〈いや。イギリスは遠い。実はこの国にもニュートンのリンゴの複製があるんだ。接《つ》ぎ木《き》って分かるか。ニュートンの生家にあったリンゴの枝を切って、そこから作られた分身がある〉

「その場所をご存じなんですね！」

〈話に聞いたことがあってな。この国でも有数の立派な植物園で、ジェスが視《み》たように自然も豊かなはずだ〉

「さすがは豚さんです！」

ジェスの歩く足が心なしか速くなる。

言問通《こととい》りの上り坂を歩きながら、目の前に見えてきた光景に正解が近いと確信する。

ジェスがさっきちらりと言っていた、道の上に架かる橋を見つけたのだ。

俗称、ドーバー大橋《おおはし》。

大学のキャンパスを左右に分けるように通っている言問通《こととい》りは、巷《ちまた》でドーバー海峡と呼ばれているらしい。その上を横切ってキャンパスを繋《つな》ぐ陸橋が、ドーバー大橋《おおはし》だ。

柵で囲まれたキャンパス同士を繫《つな》いでいるから、セキュリティ上、キャンパス外であるこの道路からは直接上れないようになっている。確かに川に架かる橋のようだ。

〈ジェス、橋っていうのはこれか？〉

立ち止まって確認すると、ジェスは真剣に頷《うなず》く。

「はい、まさに！」

蓮《はす》の水滴の一件がある。何かの手掛かりになるかもしれないと橋を見ながら歩いていたところ、ジェスがまた新たな像を視《み》た。どうやら一つ実物を見つけると次の像が、というように連鎖することもあるらしい。謎解きラリーのようでなんだか楽しいシステムだ。

ジェスが新たに視《み》たものは——

「とっても大きな木です」

〈……大きな木はこの国にもいっぱいある。何か特徴は？〉

「ええと……黄色くて丸い実がたくさんついています」

ほう。そうすると絞られてくるな。

〈葉の形は見えたか？〉

「はい、葉っぱは丸いような——いえ、扇のような形をしています」

〈なるほど。それは多分イチョウの木だな〉

「い、い、いちょう？」

メステリアでは見なかった気がする。こちらの世界でも、今でこそよく見るが、もともと希少な種類だ。中国の奥地で発見され、原始的な特徴をもつ、生きた化石とも呼ばれる樹木。

〈この辺の道路脇にもたくさん植えてあると思うが、この時期になって実がつくと、強烈なにおいを発するようになる木なんだ〉

「確かに……あまり言わずにいたんですが、なんだかときどき面白いにおいがするな、とは思っていました……」

いや悪臭だぞ。しかもこれからどんどんひどくなる。

しかしジェスは間違っても鼻をつまんで「すごくくさいですね」とは言わないはずだ。そういう悪口は絶対に発することがないタイプの美少女である。

いやむしろそういう人だからこそ、俺ならちょっと言われてみたい気もするが……。

「…………」

〈ま、まあともかく！　目的地にも大きなイチョウの木はあるはずだ。心当たりがある〉

ジェスにはあまり詳しく説明したくないが、あるものが発見された木として有名なのだ。

ドーバー大橋《おおはし》をくぐって、さらに本郷通《ほんごうどお》りを渡る。

武蔵野《むさしの》台地《だいち》の東端にあたり、山《やま》の手《て》台地《だいち》とも呼ばれるこの一帯は、都市部ではあるが起伏の多い地域。せっかく坂を上ったが、白山《はくさん》に向かってまた少し下ることになる。

目指すは小《こ》石川《いしかわ》植物園《しょくぶつえん》だ。

正門でジェスがお金を払い、緩やかな坂道を上って植物園に入っていく。

植物園とはいっても、爽やかで気持ちのよい公園のような場所だ。植物をじっと見なければここが植物園だと気付かないかもしれない。ただ、木や草花にラベルがつけられ、その名前や分類を知ることができる。

「わあ！　色々な木がありますね！　これなんか、葉っぱが鳥さんの羽のようですよ！」

ソテツを指差してジェスがはしゃぐ。背の低いヤシの木のような見た目をした、南国っぽい異国情緒のある木だ。確かにメステリアにはなかったかもしれない。

植物園はペット禁止のはずだが、ジェスはお得意の魔法で上手《うま》く誤魔化したようだ。俺を引き連れて、楽しそうに歩いていく。地図でニュートンのリンゴの位置を確認しようとしたが、ジェスはそれどころではないらしかった。広い植物園をずんずん行ってしまう。

「豚さん、ありましたよ！」

ジェスが指差すのはひときわ目立つ大きなイチョウの木。俺たちはそのすぐ下まで行った。まだ葉は黄緑色だが、すでにギンナンが落ちて強烈なにおいを発している。しかしジェスはお構いなしにしげしげと周囲を観察した。

大木の根元に置かれた石碑を見て、ジェスは首を傾《かし》げる。

「これは何と書かれているんですか？」

白く刻まれた文字を見て、悩む。これをどう伝えたものか。

精子発見六十周年記念

種子をつける植物は、一般に「精子」をつくることはない。花粉の中の「精細胞」で受精する。だがいくつかの例外があり、その最初の発見がなされたのがこのイチョウの木だ。

コケやシダなどの種子をつけない原始的な植物がもつ「精子をつくる」という形質を、種子をつけるイチョウも実は受け継いでいた——植物の進化の歴史を示す、貴重な発見である。


「あの、よく分かりません。これは何が発見された木なんですか？」

〈じ、地の文を読むな。何でもない。さて、次はリンゴの木を探そう！〉

「どうしてはぐらかすんですか。教えてください」

逃げようとしたが、ジェスが鎖を握っているため動けない。

〈……まあ花粉みたいなものだと思えばいい。ほら、花を触ると、指に黄色とか茶色の粉がついたりするだろ。あれの特殊な形が発見された木だと思ってくれ〉

「特殊な形、ですか？」

〈ああ。自分で泳ぐタイプだな〉

「なるほど……それならそうと最初から説明してくだされぱいいのに、どうして躊躇《ためら》われたんですか？　豚さんにとって、何か都合の悪いものだったんでしょうか」

〈別に都合が悪いというわけじゃ……〉

年下の美少女に向かって精子の説明をしたくないだけだ。

「むう。隠し事はいけませんよ。何ですか、そのせ——」

〈——お、俺はあんまり詳しくないんだ。ほら、今度ひろぽんとかに訊《き》いてくれ。あいつは医学に詳しいからな〉

抵抗の甲斐《かい》あって、ジェスはようやく引き下がった。

ちなみに、俺が他の女性の話をすると、ジェスの目は一瞬不気味な色に光る。

この一年間、俺は誓ってジェス以外の女性に心惹《こころひ》かれたことなどなかったし、なんなら女性と関わる機会さえあまりなかったのだが……豚化した俺と突然現れたジェスのもとへ誰より先に駆けつけたひろぽんのことを、どうもジェスは警戒しているらしかった。

「へー、この子がジェスちゃんかー。へーーーー」

とニヤニヤしながら俺たちを見てきたあいつにも責任の一端はあるだろう。

メステリアからの帰還後、ひろぽんやケントとはよく顔を合わせている。ひろぽんは、親族以外で言えば、俺がこの国で挨拶以上の会話を交わせる数少ない女性であった。

彼女は俺の部屋をたびたび訪れては日本暮らしの知恵を貸してくれて、さらには豚になった俺に代わってジェスに日本語や電子機器の操作を教えてくれていた。大変ありがたいのだが、そのたびに俺をからかったりジェスを刺激したりして遊ぶのは勘弁してほしかった。

「ロリポさんって紙派だから、推しの作家さんの本は絶対紙で買って、どこかに隠してあるはずなんですよね」

そんなことをのたまいながらジェスと一緒にベッドの下をあさり始めたときには、希代の賢者として名の知れている俺も本気で焦《あせ》ってしまった。

〈おいやめろ！　豚権侵害だ！　そんな行為が許されるのはラノベの中だけだぞ！〉

「でも、私も豚さんがどんなうすいほんを読んでいるのか、とても興味があります」

「ですって。私はジェスちゃんに、日本のことやロリポさんのことを、もっとよく知ってほしいんです。表面的なところだけじゃなくて」

〈そんなディープなところは知らなくて大丈夫だ！〉

抵抗の甲斐《かい》なく、結局宝物たちは見つかってしまった。だが、出てきたのがどれもいたってノーマルな妹ものだったため、破滅が訪れることは回避できた。

「ロリポさんって、そういうキャラを演じてるわけじゃなかったんだ……ジェスちゃんが漢字を読めなくてよかったですね」

ジェスが顔を赤くしてあわあわしているうちに『清楚《せいそ》な金髪妹に冷ややかな目で豚呼ばわりされる話』をしまいつつ、ひろぽんは平坦《へいたん》な声で言った。

彼女周りのことはまた別の機会に語るとして。

俺たちは地図も見ずに園内を歩き回り、ようやくニュートンのリンゴに辿《たど》り着《つ》いた。井戸やら石碑やら薬園保存園《やくえんほぞんえん》やら色々な場所を経由したが、かなり遠回りをしてしまったらしい。入口からそう遠くない大きな温室の前に、そのリンゴの木は立っていた。

背はさほど高くなく、枝は横向きに張り出している。青い葉の中に黄緑色の果実がいくつか残っていた。木はぐるりと柵で囲まれ、うっすら赤くなった果実がその内側に落ちている。

品種は「ケントの花」というらしい。そう書かれたラベルが下がっていた。

†終焉《しゅうえん》に舞う暗黒の騎士†とは多分関係がない。

彼についても、きっとまた別のところで語られるだろう。

「これです！　私が見たリンゴの木！　これがにゅーとんさんのリンゴなんですね？」

〈だな。看板にそう書いてある〉

「なんだか、普通のリンゴに見えますが……おいしいんでしょうか」

〈味は微妙だと思うぞ。昔の品種だしな。もうすぐリンゴのおいしい季節だ。今度また、我が国が誇るおいしいリンゴを食べるんご〉

「んご？」

〈さて、ここまで辿《たど》り着《つ》いたはいいが、これからどうする？〉

ジェスの疑問をスルーして、リンゴの木を観察する。万有引力の法則を発見するきっかけになったと言われる偉大な木ではあるが、とはいえやはりただの果樹だ。

何の手掛かりなのだろう。しばらく二人で木を見ていると――

ぽと、と一つのリンゴが落ちた。

「あっ」

そうジェスが声を出しているうちにも、ほんのり赤く色づいたリンゴは落下していき――そして、音も立てずに消えてしまった。

〈ん……？〉

見間違いだろうか。落下地点の草に埋もれているのだろう。

しかし何度確認してみても、そこにリンゴの果実はなかった。

まるで地面などないかのように。地底へと突き抜けてしまったかのように。

「これは……おかしいですね」

地面を触って確認し、ジェスは首を傾《かし》げた。

〈俺の見間違いか？　リンゴが落ちたように見えたが〉

「いえ、私にも見えました。いったいどこへ消えたんでしょう？」

何やら嫌な予感がした。しばらくファンタジー世界にいたから奇妙な現象にも慣れてしまったが、こちらの世界では普通、地面に落ちたリンゴは地面の上に残る。

それが自然の道理というものだ。

ジェスはじっと地面を見つめている。まるでその下に何かがあると思っているかのように。

「豚さん、この下に行きましょう」

〈下って……地下に行くってことか？〉

「ええ。リンゴを追いかけるんです。そうすべきだという気がしてきました」

〈その直感は尊重するが……問題はどうやって行くか、だよな〉

「一つ考えがあります！」

〈どんな――〉

と伝え終える前に、俺はジェスに引っ張られて歩き始めていた。


旧養生所《ようじょうしょ》の井戸。

江戸時代、この場所には養生所《ようじょうしょ》があり、貧しい人たちの治療が行われていた。そのころに使われていた井戸だという。そう看板に書いてあった。

〈この井戸がどうしたんだ？〉

「井戸は、下に向かって続いているじゃありませんか」

〈なるほど〉

そういえばさっきこの近くを通ったが、「下」と言われて井戸を連想することはなかった。

しかし確かに、地下へ向かうものとしては最たるものだろう。

人も入れそうな、大きな井戸だ。東屋《あずまや》のような屋根で守られ、ニュートンのリンゴの木と同じく周りに柵があった。穴は簀子《すのこ》で覆われている。大切に保存されてきたのだろう。

「かなり深いみたいですね……底が見えません」

ジェスは魔法で勝手に覆いを持ち上げ、中を覗《のぞ》き込《こ》んでいた。

〈ちょっ……！〉

止める間もなかった。周囲を見るが、幸い俺たち以外に人はいないようだ。

身を乗り出して中を確認する。ジェスが光の球を飛ばして照らすと、井戸の深さは少なくとも一〇メートルはあることが判明した。はるか遠くに暗い水面が小さく見える。

〈この井戸を降りるのか？　……やめた方がいいような気もするが〉

「ええ、そうですね……戻ってくるのが大変そうですし」

〈そういうことじゃないんだけどな〉

俺の指摘もどこ吹く風、ジェスは手の上に透明なグラスを創《く》り出した。何をするのかと思えば、それを魔法で井戸の底まで飛ばしてしまった。水を汲みたいようだ。

汲《く》み上《あ》げた水は透き通っていた。手にしたグラスを睨《にら》み、ジェスは難しい顔になる。

〈どうした？　何かあったか？〉

ジェスはううんと唸《うな》る。しかしそれきり何も答えてくれないので、心配になった。

〈……好ましくないものでも、見つかったのか〉

俺にはただの水にしか見えない。一般人から見ても同じはずだ。

それなのにジェスが深刻な顔をしているというのは――

「ええ。微《かす》かにですが……この水には、魔力が溶け込んでいるようです」

〈まさか〉

嫌な予感が背脂をぞわりと冷やす。

「この土地には、魔法が存在していません」

〈……だからさっきも、リンゴが？〉

「ええ。地面を通り抜けるように消えたのも、リンゴの果実やその周囲の地面が、微量の魔力を含んでいたからでしょう。魔力を含んだ水が原因かもしれません」

〈じゃあ、つまり……〉

この世界に魔法は存在しない。正確に言えば、ジェスが来るまで魔法は存在しなかった。

俺はメステリアを離れ、世界と世界の繫《つな》がりを断ち切って戻ってきたのだ。

そうすることで、魔法の源である「契約《けいやく》の楔《くさび》」がこの世界に来る危険はなくなった。

――そのはずだった。

しかしジェスはこちらに来てしまった。来てくれてしまった。来ることができてしまった。

結局そのあたりの話はどうなっているのか、というのはもっぱらの懸念《けねん》事項でもあった。

それに比べたら、俺が豚の姿になってしまったことなんてどうでもいいくらいなのだ。豚でいるのも悪くはない――本気でそう思い始めているのだから。

とにかく、俺たちはこの辺りにある「何か」を見つけなければならない。

「この周辺に魔力の源があることは、間違いないようです」

〈やっぱり井戸に潜るか？　水中に何かが沈んでるとか……？〉

ジェスは再び井戸を覗《のぞ》いてから、首を傾《かし》げる。

「可能性がないとは言えませんが……そのような気配は、あまり」

優秀な魔法使いであるジェスは、魔力の存在や流れを察知することができる。ジェスが言う直感というのも、おそらくその一種なのだろう。

俺のような一般人の常識では説明できない力。すなわち魔法。

〈じゃあ水を辿《たど》るか。地下に行くべきだと思うんだろ？　井戸の水に魔力が溶けてるってことは、つまり地下水の通り道に何かがあるってことなんじゃないか〉

「ええ。しかし井戸の水を辿《たど》るというのは……そんな方法があるんでしょうか？」

〈大丈夫だ。メステリアと違って、こっちは俺のホームグラウンドだ。水くらい辿《たど》れるさ〉

「本当ですか？」

ジェスの目が期待に輝く。

〈ああ。俺を誰だと思ってる〉

「理系おたくの眼鏡ヒョロガリクソ童貞さんですね！」

進化してしまった。

ということで、俺たちは園を横断するように歩き始める。

小石川植物園《こいしかわしよくぶつえん》は崖線《がいせん》を囲むように広がっており、北東側は台地の上、崖を挟んで南西側は低地となっている。坂道を下りながら、俺は説明する。

〈この辺りは、武蔵野台地《むさしのだいち》の東のキワに当たる。台地って分かるか。周りの低地より一段高くなったような場所のことだ〉

「ええ、なんとなく……私たちは今、その台地の上から低地へと下りているわけですね」

〈その通りだ。そしてこの武蔵野台地《むさしのだいち》の地質は、上部に関東ローム層という地層が一〇メートルほどあり、その下に地下水を流しやすい砂礫層《されきそう》がある、という構造のことが多い。さっきの井戸は深さが一〇メートル以上あったようだから、砂礫層《されきそう》の水を取っているんだろう〉

「でも、地中にあるその層に、私たちはどうやって――」

と言いかけて、ジェスは道の先を見る。低地の木々の間に水面が見えた。

〈そうだ。ここは川によって地面が削られた結果、崖にその砂礫層《されきそう》が露出している。あの井戸に流れ込むのと同じ地下水が、そこからも湧き出ているというわけだ〉

坂を下った先は見事な日本庭園に続いていた。複雑な形をした池を囲んで、庭木や石橋が雅《みやび》やかに配置されている。

「なんだか面白い景観ですね」

〈この国の伝統的なお庭だ。自然を生かして造園するんだ〉

「なるほど。なんだかしっとりと落ち着いていて、お茶を飲みたくなりますね」

〈確かに、苦い抹茶でも欲しくなるな〉

　メステリアの庭園は直線や対称形を多用していたが、日本庭園は反対にそういったものを排している。自然の地形を利用しながらミニチュアの自然を構成しようと試みているのだ。池を満たしている水も、崖から流れる湧き水を使っているようだ。ジェスは池の水を見て、俺に小さく頷《うなず》いてきた。どうやら正解らしい。

　池の畔《ほとり》を歩き、石橋を渡り、崖線《がいせん》に近づいていく。ここにも魔力が溶け込んでいる。

　林の中を進み、ようやく水源の一つを見つける。一段高くなった台地に様々な木が茂り、まるで田舎の山のようだ。ここだけ見れば都心部にあるとはとても思えなかった。

　そこには、魔力の分からない俺にも感じられる何かがあった。

「……ここです」

　周囲には誰もいなかったが、ジェスは低い声で囁《ささや》いた。

　鬱蒼《うっそう》と茂る木々に囲まれた窪地《くぼち》で、少しずつ、しかし確実に、土の上から清らかな水が滲《し》み出《だ》している。清水は緩やかな流れを作って、庭園の池へと注ぎ込んでいた。

　湧出口《ゆうしゅつこう》の近くには石造りの簡素な鳥居が佇《たたず》んでいる。その奥に向かって、谷のように切れ込んだ狭い道がまるで俺たちを誘い込むかのように伸びていた。

「これは……じんじゃですね！」

ジェスは日本に来てから、お寺や神社に興味津々《きょうみしんしん》だった。

樹脂やコンクリートを多用して合理化された街中と違い、どこか不思議な雰囲気があって惹《ひ》かれるのだという。俺を連れて散歩しているときも、山門や鳥居を見かけると、ジェスは誘われるように入っていく。

いつも熱心に祈るものだから、何をお願いしたのか一度訊《たず》ねてみたことがある。ジェスは笑って「そんなの決まってるじゃないですか」と言っていた。

ジェスと俺は木漏れ日の中で鳥居と向かい合う。

鳥居の両脇には神の眷属《けんぞく》たるキツネの石像がひっそりと配置されていた。

〈ここはお稲荷《いなり》さんだな〉

「……おいなり、ですか？」

〈ああ。ほら、キツネの像があるだろ。これが特徴だ。五穀豊穣《ごこくほうじょう》や商売繁盛《はんじょう》のご利益《りやく》があるとされている神様なんだ〉

「キツネさん……確かに、同じようなものを見たことがある気もします」

〈東京にはかなり多い神社だな。奥へ行ってみるか？〉

「もちろん！」

豚なりに一礼して鳥居をくぐると、ジェスも真似《まね》して一礼してからついてきた。続く道は豚と少女ですら横並びになれないほど狭い。入り組んだ細道を進んで、立ち止まる。

突き当たりには小さな空間があった。三方を急斜面に囲まれ、異様な閉塞感が漂う。簡素な祠《ほこら》とミニチュアの鳥居があって――その前に、一匹のタヌキがじっと座っていた。

やたらと度胸のあるタヌキだ。

凝視され、図体《ずうたい》は大きいはずの俺でも少し怯《ひる》む。ジェスが後ろから訊《き》いてくる。

「どうされましたか？」

〈……タッヌがいる〉

「たぬ？」

ジェスも俺のすぐ後ろで立ち止まり、タヌキと見つめ合った。

「あら、とっても可愛《かわい》いですね！　初めて見る動物さんかもしれません」

〈メステリアにはいなかったはずだ。キツネやイッヌに近い種類だな〉

「ほう……たぬさんというんですか……」

正式な呼び方は後で教えてあげるとして。

ジェスも俺の隣にしゃがんで、タヌキと向かい合った。

さほど広い空間ではない。至近距離と言っていいくらいなのに、タヌキは全く逃げるそぶりを見せなかった。顔は可愛《かわい》いのだが、そのおかしな態度に薄気味悪さがある。

タヌキは少し首を動かしてジェスの方を見た。その瞳にはばっちりと、ジェスのスカートの中が映っている。けしからん奴《やつ》だ。

「ンゴ!」

俺が鼻息で威嚇すると、タヌキは俺を見てわずかに首を傾《かし》げた。こんな振る舞いをするような動物だっただろうか……? あのリンゴの木が魔力を吸ってしまったのだとしたら、このタヌキも悪い水を飲んだのかもしれない。

突然、何の予備動作もなく、タヌキはくるりと方向転換して俺たちに尻を向ける。短くもふもふの尻尾が俺の鼻面《はなづら》をくすぐるものだから、思わずのけ反ってしまう。

タヌキは姿勢を低くすると、ミニチュアの鳥居の下へと潜る——そこには小さな巣穴がわずかに口を開けていた。すぽっと音がしそうな勢いで、タヌキは吸い込まれるように消えた。

「行ってしまわれましたね」

〈追いかけるわけにもいかないだろうな〉

巣穴の入口は、豚の俺でもギリギリ通れるかといった大きさだった。

興味本位で鼻先を巣穴に突っ込んでみる。

——そして、視界が暗転した。

巣穴を覗《のぞ》いていたはずの俺はなぜか肌寒い洞窟の中にいた。すぐにジェスも隣に現れる。

見知らぬ洞窟——しかし恐ろしいほど既視感のある洞窟の中で、俺たちは息を呑《の》んだ。

「ここは……」

ジェスが右手をそっと胸に当てた。不安になったときの仕草だ。

不安の原因はよく分かる。赤土を掘ったトンネルのような洞窟はやけに広大で、車も通れそうに思えた。そして何よりの特徴は、そのごつごつとした壁面のひび割れから、正体不明の青い光が漏れ出していることだ。

記憶が蘇《よみがえ》ってくる。ホーティスを追って、契約《けいやく》の楔《くさび》が隠された「出会《であ》いの滝《たき》」を訪れたときのこと。滝の裏から入った鍾乳洞《しょうにゅうどう》は、ここと同じように青い光で満たされていた。

〈魔力を感じるか〉

「ええ……これまでにないほど、強く」

それ以上の言葉を交わさずとも、俺たちはここが目的地なのだと確信していた。

そして概《おおむ》ね察していた。この先に何が待ち受けているのかを。

目が痛くなるほどの青い光によって、明かりがなくとも洞窟を歩くことができる。俺たちは言葉少なに先へ進んだ。

染《し》み出《だ》した水と細かな粘土とで、足元はぬちゃぬちゃとぬかるんでいる。ジェスは泥跳ねを気にしたのかスカートを軽く持ち上げたため、中がよく見えた。

「あの……」

〈く、黒もよく似合ってるぞ〉

「……ありがとうございます」

洞窟は一本道。緩やかに蛇行しながら、少しずつ下へと降りている。

道はやがて、大聖堂のように広い空間へと突き当たった。

不気味なほどに美しい場所だった。天井を覆う赤土は美しいアーチを描いている。足元は踏み固められたかのように平らだ。ぬかるみというよりむしろ水溜《みずた》まりのようになった地面が、壁や天井から漏れる青い光を反射してゆらゆらと輝いている。

そしてその中央に、岩でできた台が置かれていた。

「豚さん……これは……」

〈行こう。行って確かめよう〉

ぴちゃぴちゃと水を跳ねながら、俺たちは一直線に台へと向かう。

台の上には予想と全く違わぬものが置かれていた。

それが見えたときに、俺は思わず息を止めてしまった。ジェスも同じようだ。

「あぁ……」

ジェスはそれを、すぐ壊れてしまう脆《もろ》いものを扱うように、そっと手の上にのせる。

しかし脆《もろ》く壊れてしまいそうなのはそちらではない。

むしろそれこそが、脆《もろ》い世界を壊してしまう可能性を秘めたものなのだ。

無色透明の、三角錐《さんかくすい》の結晶。恐ろしいほどの力を秘めた宝物。

メステリアに魔法をもたらし、暴力に溢《あふ》れた暗黒時代を招いた小さな破壊者。人に魔法を与え、いかなる呪詛《じゅそ》をも消し去り、いかなる守護をも打ち砕く、災厄《さいやく》の根源。契約《けいやく》の楔《くさび》だ。

部屋に帰ってシャワーを浴びて、ジェスはようやく幾分かの食欲を取り戻したらしい。濡《ぬ》れた髪も乾かさないまま、フワフワのパジャマ姿で、フルーツ入りのカップヨーグルトを少しずつ口にする。狭くて飾り気のない自室にこのような格好の金髪美少女がいる風景にはまだ慣れなかった。永久に慣れる気がしない。

沈黙に耐えられず、俺は床にあったリモコンを蹄《ひづめ》の先で慎重に踏んでテレビをつけた。サングラスの男が女子アナや研究者とともにブラブラ街を歩いている。今日は土曜日だ。

〈そうだ、蓋の裏側にヨーグルトをひとすくい垂らしてみたらどうだ〉

「え……？」

考え事をしていたようで、ジェスは訊《き》き返《かえ》してきた。

〈ヨーグルトと接する銀色の側に、蓮《はす》の葉を模倣した撥水《はっすい》加工がしてあるはずだ。細かな凹凸をつけることで、間に空気が入るようになってるらしい〉

蓮《ハス》だけに撥水《ハッスイ》、というダジャレはまだ日本語を解《かい》さないジェスには使わないことにした。

　机の上には、銀色の面を上にしてカップヨーグルトの蓋が置かれていた。ジェスがヨーグルトを少しだけ垂らす。

　するとヨーグルトは、横に広がることなく、表面張力で丸く水滴状になった。

「本当ですね、あのときの葉っぱの水滴とそっくりです」

　ジェスが蓋を持ち上げようとすると、ヨーグルトは蓋の表面をビー玉のようにころころと転がって机に落ちた。

「あっ、すみません……！」

〈気にするな。面白い挙動だろ。蓋の裏にべっとりヨーグルトがついてしまうのをこうして防いでいるというわけだ。昔は蓋についたヨーグルトがもったいなくてよく舐《な》めたものだが〉

「豚さんの国では、こんなに素晴らしい技術が、これほど身近なところに使われているんですね。魔法がない――いえ、なかったのに」

　自分で言ったことに自分で落ち込みながら、ジェスはティッシュで机を拭く。

〈なあジェス〉

「はい」

〈今ヨーグルトが机に落ちてしまったのは、誰のせいだと思う？〉

「私のせいです」

〈最初から最後まで、全部そうか？〉

「ええ……すべて私がやったことですから」

しょんぼりとうなだれるジェスに、俺は首を振る。

〈背負いすぎだ。事前に注意しなかった俺も悪いし、ヨーグルトが転がるような驚くべき技術を開発した企業や、ヨーグルトを下向きに引き寄せている万有引力だって原因になっている。誰もジェスだけを責めたりはしないんだ〉

「豚さんは、そう言ってくださいますが……」

話はもちろん、契約《けいやく》の楔《くさび》のことだ。

何が起こったのかはまだよく分かっていない。

ただ、ジェスがこちらに来て、その後にこちらの世界で契約《けいやく》の楔《くさび》が発見されたのは事実。

俺たちは、ヴァティスが警告していた「異なる世界を繋《つな》ぐことにより生じる災厄」を封じ込めることに失敗してしまったようだ。俺が帰還することでメステリアに保留されるはずだった契約《けいやく》の楔《くさび》は、結局こちらの世界に流れ込んでしまったらしい。

〈そもそもな、まだジェスのせいだと決まったわけじゃないだろう？　ジェスが二つの世界を両手に持ってよいしょで繋《つな》いだわけじゃない。気付いたらメステリアとこっちがなぜか繋《つな》がっていた、それだけじゃないか〉

「でも、キルトリの豚小屋と、こちらで豚さんが倒れた場所とが繋《つな》がったんです。私の願いが原因でないと考えるのは無理があります」

〈もちろんジェスが関係しているのは否定しない。でもな、俺が言ってるのは、それでジェスが悪いってことにはならない、ということだ〉

「……どういう意味ですか？」

〈世の中には、机にヨーグルトを垂らしてしまう人間なんて数え切れないほどいる。もし机にヨーグルトを垂らしたことで世界が壊れてしまうのなら――それは、世界の仕組みそのものが間違っている。世界はもとより壊れてしまう運命にあったということだ〉

ヨーグルトの蓋を見つめるジェスに、俺は伝える。

〈ジェスは悪くない。誰もジェスを責めたりしないんだ〉

「……ありがとうございます」

ジェスはスプーンを置いて、俺の方に移動してきた。

自然な動作でぎゅっと抱き締められる。

ちなみに部屋の中では、俺はハーネスを免除されている。窓もドアも完全施錠《せじょう》されていて、豚の身体《からだ》では開錠が困難だからだ。

自由な身体《からだ》が、ジェスの柔らかい感触に包まれる。俺は抱き返すこともできず、頭を少しだけジェスの方に預けた。

テレビ番組のエンディングが流れ、終わる。次回予告が流れる。次の舞台が告げられる。

〈やることが決まったな。これから忙しくなりそうだ〉

「……やること、ですか」

〈ああ。楔《くさび》は全部で一二八個。もしヴァティスの言っていたことが本当ならば、この世界に、まだあと一二七個も残されてる。俺たちでそれを集めるんだ。他の誰よりも先に〉

ジェスの茶色い瞳が不安げに俺を見てくる。

「できるでしょうか」

〈できるとも。俺たちならな。ジェスは魔法使いだし、それに今日俺たちを導いた不思議な力だってある。国中を――もしかすると世界中を駆け回って楔《くさび》を集める。むしろなんだか楽しそうに思えてきたぞ〉

果てしないほどの楔《くさび》の数は、それだけの旅ができるということでもある。

「確かに……もし楽しんでいい立場なのであれば……」

〈楽しんだっていいんだ。俺が許可する。じゃなきゃ一二七個なんて無理だ〉

ジェスは無言のまま頷《うなず》いた。その動きが直接伝わってきた。

〈やろう。俺たちで。この世界に来てしまった楔《くさび》を、広まる前にすべて集めるんだ〉

しばらくして、ジェスがゆっくり口を開いた。

「よろしくお願いしますね、豚さん」

Heat the pig liver

透明讃歌

the story of
a man turned into
a pig.

Four years later

あれから四年

夏の夜だというのに、ベレル川の水面を吹き抜ける風は涼しかった。

船着き場で待っていたのは真っ黒なローブに身を包んだ男。顔は見えなかったが、ケントは背格好からすぐにその正体を把握した。

「イノシシが来たと連絡があったから、何かと思えば」

フードを外してケントを見るのは翡翠色《ひすいいろ》の瞳。クルクルとカールした金髪に太い眉、彫りの深い顔は以前見たときと何も変わらない。シュラヴィスは柔らかい微笑みで船を迎える。

「久しぶりだな、ケント」

違う世界の住人とは思えない気軽さで言うと、しゃがみ込んで、ケントを撫《な》でてきた。

「やめてください。俺ももう二〇歳なんですよ」

「すまない。その可愛《かわい》い姿を見ると、なぜか無性に撫《な》でたくなってしまうのだ」

シュラヴィスの大きな手を掻《か》い潜《くぐ》って、ケントは不機嫌に鼻を鳴らしながら船を降りる。

夜だからか、人通りはほとんどない。静かな町だった。広い平地に大きな平屋が並んでいるのが見える。船で通過したことがある気もするが、街の名前が思い出せなかった。

「ここは？」

「プランスベートという街だ。大きな監獄があって、そこに罪人を収容している」

説明されてようやく、ケントは思い出す。

東西を流れるベレル川と、北へ伸びる運河、その分岐点にある街だ。暗黒時代にはこの街の監獄に魔法使いが収容され、彼らの魔力を使って産業が発達、その痕跡が今でも工業地帯として残っている——とかなんとか。

「ケント、よくこちらまで来てくれた。あれ以来、もう会えないかと思っていたが」

また頭を撫《な》でてこようとするシュラヴィスをかわして、ケントは言う。

「『鎖《くさり》の回廊《かいろう》』の機嫌がよかったみたいで、たまたま上手《うま》くいったんですよ。でも、あんまり長居できないかもしれません」

「そうか。こちらからの手紙は届いたか？」

「手紙……？　いや、多分届いてないと思いますけど」

「……だろうな」

少し残念そうに言うシュラヴィス。ケントは首を傾《かし》げる。

「何が書いてあったんですか」

「気にするな。俺たちのちょっとした近況を書いたくらいだ。この前の冬、ようやくノットたちが結婚をしてな。その事後報告といったところだ」

事後報告というのは小さな嘘《うそ》だったが、ケントにはそれを知る由《よし》もない。

「へえ。ようやくくっついたんですね、あの二人」

「長い道のりだった。傍《はた》から見ていてじれったくなるくらいにな」

シュラヴィスは船着き場から動こうとせず、誰かを待つように街の方を確認した。

「ところでケントは、どうしてこちらへ？」

「ロリポさんの小説も一区切りで、アニメも終わったし、そろそろ頃合いかと思って」

「あにめ？」

端から伝わるとは思っていなかった。首を傾《かし》げるシュラヴィスに、ケントは笑う。

「説明しても理解できないと思いますし、もし理解できても信じてくれないと思いますよ」

自分が黙々と草を食っている映像が異世界の動く絵画で再現され、それを万ではくだらない人が見た——という事実を知ったら、シュラヴィスはきっと困惑するに違いなかった。その様子を内心で想像し、ケントは少し楽しくなる。

シュラヴィスはそんなケントの心の動きを察知していた。

「気になる言い方をするのだな」

「一生気にしていてください」

可愛《かわい》いイノシシ扱いをして撫《な》でてきたことに、ケントはまだ腹を立てているのだった。

「ここにはみんないるんですか？」

ケントはそう言って辺りを見回す。メステリアに来て、行き先も告げられずに共和国軍の船に乗せられ、この街まで連れてこられた。迎えにきたのはシュラヴィスだけだった。

「いや。状況も落ち着き、今はほとんど都に帰っている」

「じゃあどうして――」

「ケントが一番会いたいはずの人物が、ここにいるからな」

暗闇に目を凝らし、シュラヴィスはそちらに向かって大きく手を振った。

ケントもその方向を注視する。

長い手足を持て余し、少し不器用に走ってくる女性の姿があった。彼女を見るのは四年ぶりだ。その膝の上で、あまりに苦い毒薬を飲み干して以来――

転んだ。石畳の段差に足を引っかけたらしい。慌てて駆け寄ると、ヌリスは苦笑いして頭を掻《か》きながら身体《からだ》を起こす。さすがに転び慣れているようで、怪我《けが》はしていない様子だった。

「ヌリス」

「ケントさん」

駆け寄ってきたケントを、ヌリスはその長い腕でひしと抱き止めた。ケントが思っていたよりもずっと力が強くなっており、ケントはされるがままにその柔らかい胸へと顔を押し付ける形になってしまった。わしゃわしゃと頭を撫《な》でられる。

「よしてくれ」

「やめません。ようやく会えましたね。私の可愛《かわい》いイノシシさん」

シュラヴィスはプランスベートに残るらしい。ケントとヌリスは、ケントを乗せてきた共和国軍の船でベレル川を下った。

「いい機会だからと、強制的にお休みを取らされてしまって」

そう言うヌリスのおっとりとした目の下には、そばかす面《づら》に似合わない、濃い隈《くま》があった。

「シュラヴィスさんが代わりに来てくださったところなんです。街に残ると私は仕事に戻ってしまうからということで、ハールビルで数日過ごすことになったんですよ」

「仕事？」

「以前と同じですよ。怪我《けが》した方を治癒するお仕事をしているんです。本当は、お休みしている暇なんて、ないはずなんですけれど……」

申し訳なさそうに川上の方を見やるヌリス。ケントは心配になる。

「働きすぎるのもよくない。他の魔法使いもいるんだろう。しっかり休んだ方がいいよ」

「ありがとうございます。でも、私にしかできないことも多いんですよ」

疲れた顔で、それでも胸を張る。

「敵味方問わず癒《いや》すことができるのは、今も私の特技ですもの」

そうだろうな、とケントは少し誇らしくさえ思った。

そんな芸当ができるのは、きっとヌリスだけだ。

「今の議会は、敵も癒《いや》してるのか」

「ええ。あくまで鎮圧作戦ですから。法に基づいて、できるだけ命を奪ってしまわないよう、怪我《けが》をさせてしまわないよう、慎重にやらなければいけないんですよ」

ケントは以前、シュラヴィスからある程度のことを聞いていた。

共和制が成立したとはいえ、その統治に不満をもつ者や残った禍根も少なくはない。反発をできるだけ穏便に鎮《しず》めるためにも、法に基づいた理性的な対処に努めているのだという。

究極の場合以外殺さない。根拠に基づいた懲役を科す。更生したら釈放して自由を与える。

かつて王として君臨していたシュラヴィスは、人を殺さず捕獲できる戦闘員の筆頭として、今も現場の第一線で働き続けている。彼なりの罪滅ぼしだ。

船の心地よい揺れに合わせて、ヌリスの頭が眠たそうに揺れる。

「寝ていいよ。疲れてるんだろ。俺のことは気にしないでいいから」

「いえ、ケントさんがせっかく来てくださったんですもの」

ヌリスはまたケントの頭を撫《な》でる。

「撫《な》でるのはよしてくれ。これでも君より一つ年上なんだぞ」

「不思議と撫《な》でたくなってしまうんですよ、イノシシさん」

穏やかなベレル川の上を静かな時間が流れていく。

ケントの頭に手を置いたまま、ヌリスはやはり眠気に抗《あらが》えなかった。こくりと首が傾く。ケントは懐《なつ》かしい思いでその純朴な姿を眺めた。頭に置かれた手はそのままにしておく。

一人の少女と一匹の獣がここへ至るまでに経てきた道のりは、あまりに奇妙なものだった。


透明――それがイェスマだったころのヌリスを最も的確に表現する言葉だった。

小間使いとしての能力は必要最低限だったが、目立って欠けたところもなかったため、誰も彼女のことをよく言おうとも、悪く言おうともしない。命じられた仕事を、褒められもせず、かといって文句をつけられるようなこともなく、ただ淡々とこなす。

社交的な性格ではないから、心の内を人に伝えることがなかった。仕事に必要な最低限のことしか話さない。話しかけられることがなければ、黙ってつま先あたりを見ている。

容貌も特段目を引くものではなかった。俯《うつむ》きがちな目にそばかすの多い鼻。背は平均よりも少し高いが、太っているわけでも痩せているわけでもない。

確かに存在するのに、誰の目にも留まらない――透明な少女。

そもそも名前からしてそうだった。ヌリスというのは、メステリアの言語では、無や空っぽといった意味の単語に発音が近い。

ヌリスの仕える家は、北部の鄙《ひな》びた村で大農園を営んでいた。

日中は農作業や家畜の世話を黙々とこなし、日が傾いてきたら小間使いとして家の仕事をする。それがヌリスの日課。家では主人の命令に淡々と従った。やがて食われる家畜たちが、ヌリスの数少ない話し相手だ。

農園で過ごす平坦《へいたん》な日々は、八歳で買われてからおよそ七年間、変わりなく続いていた。

それが突然途切れることになったのは、一五の夏が終わるころ。

北部勢力《ノザン》が勃興し、北部の都市や村を魔の手にかけ始めた時期だ。

治安は急激に悪化した。

王朝軍の支配によって保たれていた秩序が崩壊し、無法者による略奪が横行。ヌリスの主人が農作物や肉を売っていた市場はあっけなく閉じてしまった。結果、食べ物に困った村人たちの間でさらに窃盗が急増した。

物だけでなく、村人たちも次々に消えていった。噂《うわさ》によれば、新王を名乗るアロガンという男に徴収され、強制労働の憂き目《うめ》に遭っているのだという。

王朝は、そんな村に救いの手を差し伸べなかった。

「勇気ある若者たちが、北部勢力《ノザン》に対抗しているらしい。彼らが世界を変えてくれる」

すっかりやつれてしまった主人が家族に言っているのを、ヌリスは無関心に聞いた。

世界というのがヌリスにはよく分からない。作物が、家畜が、そして仕えている家が、彼女にとってのすべてだった。透明な少女に、人は世界のことを教えてくれないのだ。

勇気ある若者たちが戦いに敗れ、ノットという英雄が闘技場で見世物になっている——主人がそう絶望的な顔で話すのを聞いても、ヌリスの心が動くことはなかった。

遠い場所のことは、外の世界を知らない少女には何も関係がなかったから。

彼女にとっての世界が初めて揺らいだのは、ある雷雨の昼下がりのこと。

大きな黒い馬に乗った荒くれものたちが突然屋敷《やしき》を訪れた。彼らは主人の一家を無理やり連れ去ってしまった。ヌリスはたまたま、農園に出て倉庫の雨漏りを直していたから助かった。

空っぽの屋敷《やしき》の近くで呆然《ぼうぜん》としていると、ボロボロの服を着た男たちが敷地《しきち》に入ってくるのが見えた。ヌリスは本能的に危機感を覚え、走って逃げ出す。それは正解だった。彼らは北部《ノザン》勢力の強制徴収によってできた空き家をあさり、高価な装飾品から食事に使うスプーンに至るまで、金になるものはことごとく盗み尽くそうとするコソ泥たちだったからだ。

主人を失ったイェスマは高く売れる。彼らにとっては極上の獲物に他ならない。

ヌリスは雨に濡《ぬ》れながら周囲を見回すと、豚小屋を目指した。彼女に農園の外へ逃げるという選択肢はない。農園を囲う柵が、彼女にとっての世界の果てだ。

豚小屋に入ろうとしたとき、閂《かんぬき》が外れているのに気付く。異様な静けさがあった。

ヌリスは震える手でそっと扉を開く。鼻をついたのは、豚小屋のにおいを上回るほどの血のにおい。扉に堰《せ》き止《と》められていた赤黒い鮮血が、とろりと足元に流れてきた。

子豚も含めて全部で五〇頭近くいたはずの豚たちは、ほとんどが連れ去られていた。略奪者に攻撃しようとして殺されたのか、二頭が入口近くで死んでいる。いずれも母豚なのが分かった。流れてきたのは彼女たちの血だ。

もしかすると、子豚を守ろうとしたのかもしれない――ヌリスはそう考えた。

背後から男たちの声が聞こえて、ヌリスは慌てて豚小屋に入る。奥に干し草が積んである。震えながらそこに身を隠した。

一匹だけ生き残った子豚を見つけたのは、そのときだ。

子豚は干し草の影で縮こまって震えていた。乳離れは済んでいるが、まだヌリスの両腕に収まるくらいの大きさ。

初秋の雷雨は、時候に不釣り合いな冷気をもたらしていた。ヌリスは寒かった。子豚もきっと寒いだろうと思い、彼を抱いて横になった。誰にも見つからないことをただ祈る。

夜はなおさら寒くなる。人の気配はすでになかったが、恐ろしくて、豚小屋から出る気分にはならない。雷は夜通し鳴り続けた。血腥《ちなまぐさ》い豚小屋の中で、ヌリスは動けなかった。

ただ怖かった。自分の知っている世界が崩れていくという初めての経験に、何もできない。

「悪いことなんてしなかったのに。ただ生きていただけなのに」

その呟《つぶや》きは、ヌリスが初めて口にした、自分のための言葉だった。

「どうして……どうしてこんなに、恐ろしいことが起こるんですか」

子豚は耳をピクピクと動かしたが、もちろん答えることはない。

「教えてください。私はどうして……」

言葉にならない疑問。まるでそれに応えるかのように、豚小屋の粗末な屋根のはるか上、分厚い雲のさらに向こうで、一筋の流星が輝いた。


翌朝、子豚の中に人の言葉で考える心が宿っていることを知って、ヌリスは腰を抜かした。

雨はやみ、雲の切れ間に青空が見える。餌を与えると、子豚は「豚の餌もまあ悪くない」などとおかしなことを考えながら食べた。

「お名前は、何とお呼びすればいいですか？」

ヌリスの問いに、子豚は背筋をピンと伸ばして答える。

——終焉《しゅうえん》に舞う暗黒の騎士、ケントさ
「えっと……」

——ケントでいい
戸惑われるのに慣れっこなのか、子豚はすぐにややこしい自称を引っ込めた。

突然子豚の身体《からだ》に憑《と》りついてしまったという事態にケントが混乱する様子はない。むしろ楽しんでいるようにさえ、ヌリスには見えた。

ケントは子豚の小さな身体《からだ》を活《い》かして、こっそり屋敷《やしき》の様子を偵察しにいった。そして安全を確認すると戻ってくる。

——腹が減ってるんじゃない？　屋敷《やしき》に食べ物があった。移動しよう

やたら誇らしげに尻尾を振って歩き、子豚はヌリスと一緒に屋敷《やしき》へ向かう。

屋敷《やしき》は台所まですっかり荒らされていたが、居間には食べられそうなものが残っていた。一家の食べかけの昼食には、さすがに誰も手を付けなかったようだ。

——どうした、食べないの？

促すケントに、ヌリスは困ったように眉を上げる。

「食卓に上がったものをいただくなんて、そんな……」

ケントは何か察したようにヌリスを見透かした。その大きな黒い瞳が銀の首輪を捉える。

——じゃ、オレが全部食べちゃおうかな～

椅子を踏み台にして、子豚はスタッとテーブルの上に飛び乗った。すっかり冷めた小さなチキンにかぶりつくフリをしながら、横目でヌリスを見る。

「えっと……どうぞ……？」

——お腹《なか》、空いてないの？

「空いてます」

——食べちゃおっかな～

「どうぞ………」

子豚はあからさまにがっくりとうなだれ、テーブルから下りる。

――食べてくれよ。キミが元気でいてくれないと、オレが困るんだからさ
それならと、ヌリスは席に着いた。不器用にフォークを握って黙々と食べる彼女を、ケントはしげしげと興味深そうに眺めていた。
食後、風呂場《ふろば》で井戸水を沸かして、ヌリスは子豚を洗うことにした。鏡を見て自分が泥だらけなのに気付いた彼女は、簡単なつくりのワンピースをさっと脱ぐ。下には何も着ていない。
――え？　えええ？
「どうしました？」
――なんで……どうして突然脱いだんだよ
「私も身体《からだ》を洗わなければ、と思ったんですよ」
――それは見れば分かる。男の前なんだ、裸になるのはおかしいじゃないか
「……豚さんに見えますけど」
――元はキミと同じくらい歳《とし》の男だったんだ。豚になる前はね
ヌリスは生まれたままの姿を全く隠そうとせずに、子豚を見下ろして首を傾《かし》げる。
「でも、どうして男の人の前では、裸になってはいけないんですか？」
――裸というのは、簡単に異性に見せてはいけないものだからさ
「どうして見せてはいけないんですか？」
――見せられた人がおかしな気持ちになってしまうからだ

「おかしな気持ちって、何ですか？」

——い、いつか教えてあげるから、とりあえず裸を隠してくれないか

それならと、ヌリスは身体《からだ》を拭うための麻布で前を隠した。彼女は素直だった。

身体《からだ》を洗い終えると、ヌリスは自分に与えられた部屋から二着の着替えを持ってきた。一方を自分で着ると、もう一方をビリビリと裂き始める。

——何してる

「裸というのは、簡単に異性に見せてはいけないんですよ」

得意げに返して、ヌリスは裂いた布を子豚の身体《からだ》に巻いた。末端を手早く縫って留めると、見栄《みば》えはともかく、即席にしてはぴったりな大きさの服になった。

——別に、オレは豚だから服なんか着なくても……

「でも本当は、私と同じくらいの歳《とし》の、男の人なんですよね」

自然と繰り出された屁理屈《へりくつ》に上手《うま》く言い返せない子豚を、ヌリスはよしよしと撫《な》でる。

会話をするのがなぜか無性に楽しい。それは初めての友達だった。

ケントはやたら物知りだった。ヌリスのしつこい質問に何でも答えてくれる。

炎はなぜ温かいのか。水はなぜ冷たいのか。空はなぜ青いのか。夕方になぜ赤くなるのか。

人は二本の足で歩くのに、豚はなぜ四本なのか。異性の裸を見るとどんな気持ちになるのか。

これまでこんなに面白い話をしてくれる人はいなかった。だから、彼女の無邪気な質問はすっかり止まらなくなっていた。

主人を失った大農園で、ヌリスは何をすればよいのかも、どこに行けばよいのかも知らなかった。子豚を相手に、一五年分のなぜなにを使い果たす勢いで疑問を投げ続ける。

ケントもヌリスの置かれた状況がよく分かっていなかった。話を聞きはしたが要領を得ない。どこか夢見心地のまま、できるだけ噛《か》み砕《くだ》いてヌリスの疑問に答えることを続ける。

「生きることって、何が楽しいんでしょう？」

ヌリスはそんな危なっかしいことも訊《たず》ねた。ただし、あくまで無邪気な疑問として。

――楽しくないの？

とケントが訊《き》くと、ヌリスは少し考える。

「楽しいと思ったことが、あまりなかったものですから」

――そりゃ……何が楽しいかは自分で決めなきゃ
「自分で？　いったいどうやって決めるんですか？」

――まずは色々な経験を積んでみなくちゃね
他に誰もいない農園での、子豚と少女のささやかな交流。

それはまるでおとぎ話のような時間だった。

木々の葉が緑色である理由すら知っていたケントは、ヌリスが深い考えもなしに放ったある一つの質問で答えに詰まった。

「そもそも私は、何のために生まれてきたんでしょう」

しばらくじっと考えてから、ケントは慎重に伝える。

―オレも分からなくなることがある
ケントのことを何でも知っている子豚の妖精だと思っていたヌリスは、驚いた。

「どうしてですか？」

―それにはきっと答えがないからだ
この世に答えのない問題があるということを、ヌリスは知らなかった。期待に満ちた純真な瞳で子豚のことをじっと見つめる。

―オレのことを少し、話してもいいか
「はい。もちろん！」

ヌリスの前のめりな反応を受け、誰かに言いたかったことをケントは伝える。

―オレは小さいころから、身体《からだ》が弱かったんだ
「小さいころ……」

ヌリスは幼い子豚に似つかわしくない表現に首を傾《かし》げたが、考え直して促す。

「ご病気だったんですか？」

——ああ。よく発作を起こすし、そのせいで病欠しがちで、せっかく頑張って入った学校にも友達はほとんどできなかった。それで小説とかアニメばかり……

そこまで一気に伝えてしまってから、ヌリスが不思議そうな顔をしていることに気付く。

ヌリスが学校を知るわけがないし、ましてアニメの概念など理解できるとは思えなかった。

——ともかく、病気のせいで人とはあまり関われなかったんだ

「それはつらいことなんですか？」

——人と関わることを知ってしまったらね

ケントは自分とヌリスの価値観が大きく違うことに気付いた。話を軌道修正する。

——オレの最後の記憶は、その病気の発作だった。きっと死んでしまったんだと思う。一六年生きてきたけど、オレが何のために生まれたのか、結局分からなかった

死という言葉を聞いて、ヌリスはそれが深刻な話なのだと悟った。家畜の世話をし、ときには一方的におしゃべりさえしてきた彼女にとって、死は最も身近で直感的な悲しみだった。

——生きていることに本当は理由なんてない。生まれたから生きてる、それだけだ

「でも、それって寂しいことじゃないですか？　理由がないなら、生きなくたって……」

子豚は強く首を振る。

——そうじゃないんだ、ヌリス

その可愛《かわい》らしい瞳に強い意志が光る。

——理由なんてないからこそ、キミは今、自分が生きることを疑っちゃいけない

「どういうことですか」

——理由なしに存在するものなんていくらでもある。その理由を論理的に疑い始めてしまったら、この世界そのものが存在する理由だって考えなきゃいけなくなるだろ？　ちっぽけなオレたちにそんなことはできない。できないことばかり続けていると、そのうちに人生は終わってしまう。だから、今ここに自分がいることを、オレたちは肯定するしかないんだ

ケントが述べることの半分も、ヌリスには理解できなかった。それでも彼女はなんとなく思う。この子豚が言っていることは、きっと自分を導いてくれるに違いないと。

「私はこれから、どうすればいいんでしょう」

——自由に生きればいい

ヌリスはそれを聞いて眩暈《めまい》のするような気分を覚える。

自由という言葉は知っていても、それは夜空のように広く得体の知れないものだった。天地が逆転し、果てしなく暗い天球へと落ちていくような感じがする。

「私には自由が分かりません」

——自由とは、自分が信じる意味を胸に生きていいってことだ

まずはその意味というのを探さなくちゃ、とヌリスはぼんやり考えた。

初めての友達との別れはすぐに訪れた。

火を焚《た》いて、煙を出してしまったのが原因だろうか。大きな黒い馬に乗った者たちがその晩、再び農園を訪れた。コソ泥ではない。武装した、北部勢力《ノザン》の略奪者だ。人数は昨日よりも多くなっており、凶暴な大型犬まで引き連れている。

ヌリスと子豚は急いで豚小屋の隅に隠れた。

豚小屋の入口にはまだ母豚の亡骸《なきがら》が残っている。ハエの羽音が不吉で恐ろしく聞こえた。イエスマがいることを摑《つか》んでいたのか、略奪者たちは一向に去らない。執拗《しつよう》な捜索の末、彼らは屋敷《やしき》を燃やしてしまった——さっきまで、二人がおしゃべりしていた屋敷《やしき》を。

男たちは嘲笑しながらヌリスの名前を呼んで歩いた。

出ておいで、悪いようにはしないから、と。

豚小屋の壁の隙間から、ヌリスはそれを絶望的な気持ちで眺める他なかった。男たちの連れた犬が地面を嗅ぎ回り、少しずつ豚小屋に近づいてくる。

小さな相談相手がいることだけが、救いだった。

——犬はにおいでヌリスを追跡できる。川を歩いて、においを残さないように逃げるんだ
「でも、どうやってここから出ればいいんでしょう」

出口は一つだけ。外には略奪者たちがいる。ヌリスはとても逃げ切れる気がしなかった。

子豚は外の様子を窺《うかが》いながら、しばらくじっと考えた。そしてヌリスを見る。
――オレがあいつらの気を引く。その間に逃げるんだ
「そんな……！　逃げるといっても、どこへ？」
――どこか遠くへ。できるだけ遠く、あいつらの来ないところまで
「ケントさんは来てくれないんですか」
――逃げ切れたら、一緒に行くとも
子豚はまた外を覗《のぞ》く。犬がすぐ近くまで来ている。もう猶予はないようだった。
――オレが高い鳴き声を上げるのが合図だ。そのときに、一目散にこの農園から逃げるんだ
有無を言わせぬ真剣な瞳。ヌリスは頷《うなず》くしかなかった。
扉を小さく押し開けて、子豚は豚小屋を出た。犬に向かって走り出す。屋敷《やしき》の燃える炎が彼を照らし、犬も略奪者たちもすぐその存在に気付いた。犬は大きな牙をむいて子豚に襲いかかる。結果は見えていた。ただケントは、時が来るまで決して声を上げないよう堪えた。
キイィィ、と子豚の声が聞こえた瞬間、ヌリスは扉を開けて豚小屋から忍び出た。眩《まばゆ》く燃える屋敷《やしき》の方へ転がる子豚が略奪者たちの注意を引いていた。闇に紛れたヌリスに気付く者はいなかった。ヌリスはすぐさま豚小屋の裏手へ回り、それから農園の外に向かって走り出す。
ヌリスは生まれて初めて、自由な外の世界に飛び出した。
少し進んだところで銃声が轟《とどろ》く。

主人の狩りを見たことがあったヌリスは、その意味をよく理解していた。

この音が空気を切り裂くと、さっきまで動いていた鳥や獣が血を流して死んでしまうのだ。

「また、どこかで会えますように」

涙を流しながら、ヌリスはとにかく走った。

言われた通りに川を歩き、真っ暗な森の中をひたすら走った。

夜が明けて、昇った太陽がまた沈もうとしているとき、結局ヌリスは捕まってしまった。

子豚のおかげで逃げていられたのはたった一日だけ。

しかしその一日が、彼女の運命を大きく変えることになる。


地蜘蛛城《じぐもじょう》と呼ばれる気味の悪い城の地下牢《ちかろう》まで、ヌリスは連れてこられた。

彼女をどうしていいかは上官の判断次第であったが、略奪者たちはいつものようにお楽しみと解体の準備を進めていた。

牢《ろう》の中でヌリスは震えるしかない。何をされるのか分からなかったが、こちらを見ている男たちが自分を傷つけようとしていることだけは理解できた。

やがて金色の瞳をした背の高い老人がやってきた。

ギラギラと光る恐ろしい目で彼女を観察したのちに、老人は言い放つ。

「昨日の大収穫の後だ、果実は余っている。手を出すでない」

残念がる略奪者たちの前、彼はヌリスを引っ立てて上の階に連れていった。

もし地下牢《ちかろう》に来るのが一日早かったら――彼女は悲惨な目に遭っていただろう。

しかし考える子豚のおかげで、そうはならなかった。

ヌリスはそれから、便利な召使いとして新王アロガンの近くで働くことになった。

金の瞳の老人は彼女の虚《うつ》ろな本質を見抜いていた。絶対に変な気を起こさない、便利な小間使い。心の中に何もないから、逃げ出したくなるような扱いをしなければ逃げ出さないし、まして裏切りなど絶対に起こさない。

そうして王の近くを任されたヌリスは、さらに奇妙な運命を辿《たど》ることになる。

ある夜遅く目が覚めると、ベッドの脇に自分が立っていた。

鏡で見る姿とは少し違う気もしたが、それでも間違いなく自分自身だった。ヌリスは慌てて自分に身体《からだ》があるか確認する。身体《からだ》は確かにそこにあった。

こんなに不思議なことが現実に起こり得るとは思えなかった。

だとしたら……これは夢？

「自由が欲しいか」

自分の声で、しかし普段は出さないような低い声で、ベッド脇の自分は問うてきた。

思い出したのは初めての友達がくれた羅針盤。

――自由に生きればいい

ヌリスは頷《うなず》いた。

次に気付いたとき、ヌリスはすべての記憶を失ってマットーの集落にいた。

彼女自身は到底知る由《よし》もなかったが、これはメステリア最強の魔法使いを自称する王子マーキスの計画だった。

マーキスは北部勢力《ノザン》の実情を探るため、変身して地蜘蛛城《じぐもじょう》に潜入しようとしていた。変身する相手として選ばれたのが、王の近くで働いていたイェスマ、ヌリスだ。

自分がヌリスとして動いている間に本物のヌリスが現れては困る。そこでマーキスは、ヌリスの記憶をすべて消去したのち、解放軍の幹部が潜むマットーへと彼女を置いてきたのだ。

マーキスの狙い通り、解放軍の幹部が彼女を拾った。彼女の首輪に位置魔法が仕込まれていることを知らずに、彼らは記憶喪失のイェスマを温かく迎え入れる。

「お前の名前はリティスにしよう」

大斧《おおおの》を背負った女が独断でそう宣言した。

「姉さん、やめときなよ。悪趣味だ」

「でもこうするとさ、なんだかあいつを思い出さないか？」

伸びっぱなしだった彼女の髪を、女は結っておさげにした。

これといった性格もなく、自分の名前も知らず、記憶すら失《な》くしてしまった少女は、解放軍の姉弟がかつて喪《うしな》ったイェスマの仮装をすんなりと受け入れる。

二人はとても優しかった。少女は二人の笑顔を見るのが好きになった。

記憶を失ったのは——自分が空っぽになったのはこのためだったのだと彼女は考えた。

何もない人にしかできないこともあるのだ。

そうして少女は、自分が人を幸せにすることの幸せを知る。

「人を癒《いや》すという行為はね、魔法使いにとっても、実はかなり難しいことなんだ」

ホーティスという長髪の男があるとき彼女に言った。

彼女はかなり不器用だったが、黒のリスタを使った祈禱《きとう》で人を癒《いや》すことにはなぜか長《た》けていた。誰でも癒《いや》すことができる。ホーティスは治療を見るたびそれを不思議がった。

魔法や祈禱《きとう》で人を癒《いや》す方法は二種類。

人体の複雑な構造を詳細に理解し、物理的に肉体を再構築すること。

もしくは、その人を癒《いや》したいという強い願いを形にすること。

前者の習得は困難であり、それを使いこなせた者は歴史上でも数えるほどしかいない。言葉を選ばずに表現すれば無知で不器用な彼女には、とても実現できるものではない。

イェスマや魔法使いが主に使うのは後者だ。ただしその場合、相手を選ぶ。心の底から嘘偽《うそいつわ》りなく癒《いや》したいと願える人しか、癒《いや》すことはできないのだ。

「私にはなぜ、そんなに難しいことができるんでしょうか？」

彼女の問いに、ホーティスは顎髭《あごひげ》をいじりながら考える。

「君は記憶を失った。一度無色になってしまった。青でも緑でも赤でもなく、そして黒でも白でもなく、何色を混ぜてもその色自身になれる透明になった。だからこそ、いかなる人をも受け入れられるのかもしれない」

彼女はそれで納得する。

自分が他と違うとすれば、それは一度すべてを失ってしまったことだと思っていたから。

「君は、まだ何ももっていないからこそ、これから誰でも受け入れられる。私と違って君は人生これからだ。出会う人たちみんなを大切にしてあげなさい」

ホーティスの言葉に、彼女は首を傾《かし》げる。

この前まで自分の脚を嗅ぎまくっていた犬が、こんなに真面目くさったことを言うなんて。


彼女の奇妙な運命はそれで終わらなかった。

豚を連れた少女たちが現れ、彼女らとともに見送《みおく》り島《じま》という孤島へ行くことになる。

黒くない方の豚が、彼女の本当の名前を教えてくれた。

ヌリス。空っぽな響きをもつその名前を、彼女は気に入った。

星々で埋め尽くされた美しい夜空の下、暗い海を漂う船の上で、ヌリスは祈りを捧《ささ》げるよう乞われた。渡されたのは少し変わったリスタ。全体が透明で、中心の一ヶ所だけ濃い黒色に染まっている。使用は一度限り、代わりに膨大な魔力を放出するものだ。

豚によると、ヌリスとともに過ごしたことのある友人が、見送《みおく》り島《じま》に囚《とら》われているのだという。彼が自由になるよう祈ってくれないか、ということだった。

ヌリスにはよく分からなかった。自分の過去を教えられているのに、他人の物語を聞いているようで。しかし期待がかかっていた。物は試しでやってみることにする。

跪《ひざまず》き、記憶の空白領域に思いを馳《は》せる。白どころか、透明になってしまった領域に。

そこは茫漠《ぼうばく》とした空間だった。意識が迷いそうになり眩暈《めまい》を覚える。

白でも黒でもなく、色のない空間。

どうせ何も見つからないのなら、そこに何を見出《みいだ》してもいいのだと気付いた。

心を無にして祈りを捧《ささ》げる。次第に、剛毛に覆われた獣の脚が見えてきた。鎖の付いた足枷《あしかせ》がその前脚をきつく締めつけている。かわいそうだと思った。

過去に自分を救ってくれた人。会ったらどんなことを教えてくれるのだろう。

ヌリスは会いたいと願った。

ふいに、空気が大きく脈動した。驚いて目を開ける。

澄み切った夜空を流れていく光の筋があった。一つではない。二つ、三つ……いくつかの流星が、水平線の果て、船が向かう見送《みおく》り島《じま》の方へと眩《まぶ》しい尾を引いて流れていった。

自分がそれを起こしたのだと説明され、ヌリスはとても信じられない思いだった。

翌日、見送《みおく》り島《じま》で、ヌリスは一匹のイノシシと再会する。

イノシシは誇らしげに背筋をぴんと張っていた。

「心の絆《きずな》がなければ、こうした奇跡は起こり得ない。彼女の記憶に残っていなくても、君の働きは彼女の心のどこかに刻まれていたんだ」

ホーティスがそうイノシシに言うのを、ヌリスは興味深く聞いた。

見送《みおく》り島《じま》の攻略はかろうじて成功した。

言葉を解するイノシシには、人との会話を中継する付添人が必要だった。解放軍のブレーンを務める黒豚はいつもセレスという少女のそばでブヒブヒしていたし、ヌリスの名前を教えてくれた豚はジェスという少女のそばでンゴンゴしていた。

ヌリスは自然、イノシシと一緒にいる役割を引き受けることになった。

イノシシはケントという名前だった。

ケントはやたら物知りだった。ヌリスの質問に何でも答えてくれる。

炎はなぜ温かいのか。水はなぜ冷たいのか。空はなぜ青いのか。夕方になぜ赤くなるのか。

人は二本の足で歩くのに、イノシシはなぜ四本なのか。なぜ自分の裸から目を逸《そ》らすのか。

――異性の裸を見るのはいけないことだからだ
「どうしていけないんですか？」

――不純な気持ちを抱いてしまうからだ
「不純って何ですか？」

――邪《よこしま》な心のことだ
「ケントさんは私に邪《よこしま》なお気持ちを抱いているんですか？」

――それは……

たまになぜか口籠ることもあったが、ケントが教えてくれないことはなかった。

ただ一つ、ヌリスの記憶の空白のことを除いて。

「ケントさんは、記憶を失う前の私と会ったことがあるんでしょう？」

――そうなんだけど……これだけは、教えちゃいけない気がするんだ
ヌリスは不思議に思った。他のことは何でも教えてくれるのに、なぜケントは一番大事なことだけ隠してしまうのだろうか。

改めて何度か訊《たず》ねてみたが、結局ケントはその理由さえも教えてくれなかった。

二人はしばらく行動をともにした。

王朝を追放された王子の、逃亡の旅に従った。偽りの王を斃《たお》す旅に同行した。謎の連続殺人事件にも立ち向かった。二人はいつも一緒だった。

あるとき、寒そうにしていたケントに、ヌリスは思い立って服を作ってやった。古着を裂いて、小さなイノシシの身体《からだ》に合わせて縫製する。なんだかフリフリのドレスのようになってしまったが、ケントはとても喜んだ。喜びが極まったのか、遂《つい》には泣いてしまった。

「どうして泣いていらっしゃるんですか」

――それは話せない、ごめん
断られてしまったことで、ヌリスはそれが自分の過去に関係する涙なのだと知った。

やがてケントは毒薬を飲み、元の世界へと帰ってしまう。

最後まで、彼の秘密がヌリスに明かされることはなかった。


ハールビルに架かった立派な石橋の下で、二人は共和国軍の船を降りた。

「この街にはいいお風呂《ふろ》があるんです。久しぶりに、一緒に入りませんか？」

ヌリスの提案に、ケントはどぎまぎと目を逸《そ》らす。

「じょ、冗談じゃない」

「いいじゃないですか。昔みたいに、頭からお尻までゴシゴシ洗ってあげますよ」

「……はしたないことを言うなよ」

「どうしてはしたないと思うんですか？」

ニコニコと笑うヌリス。ケントは答えられなかった。

なんだかんだと話している間に、二人は浴場の建物に着いてしまった。大理石でできた立派な建物の屋根に煙突があり、そこから白い湯気がもくもくと立ち昇っている。

入口で、ケントは最後の確認をする。

「なあ、本当にいいのか」

「もちろんです。イノシシさんの特権ですよ」

あまりにイノシシ扱いしてくるものだから、ケントは改めて自分の手足を確認する。きちんと人の姿だった。二本の脚で歩いている。

「俺はもう人間だ。一緒に入るのは……やっぱり、おかしいんじゃないか」

ヌリスとの久しぶりの再会は、人間の姿で対面する初めての機会だった。ケントは正直、どんな反応をされるのか不安で仕方がなかった。

ケントは小柄な部類で、身長はヌリスより低い。以前人の姿で会ったとき、シュラヴィスには「お前は人の姿でも可愛《かわい》らしいのだな」と頭をくしゃくしゃに撫《な》でられてしまった。さらさらの髪が心地よいとかで、それ以降もことあるごとに撫《な》でてきた。

ヌリスには驚かれてしまうだろうか。がっかりされてしまうだろうか。そんなケントの心配は無用だった。ヌリスはケントがイノシシだったころと何も変わらない態度で迎えてくれた。

ケントにはそれが嬉《うれ》しかったのと同時に、少し困るところでもあった。距離が近すぎる。

「イノシシさんのときは、一緒に入ってくださったじゃありませんか」

「あれはまあ、自分じゃ身体《からだ》が洗えなかったし……」

「別々では寂しいですよ。せっかく会えたんですもの」

ヌリスに引っ張られるような形で、ケントは浴場に入った。

もう夜遅いので他に客はいない。幸運なことに、広い大浴場には湯気が満ちていた。浴槽のお湯も白く濁っている。ケントは地上波で放送されるアニメを思い出した。肝心な部分を覆い隠す不透明な白。それをありがたく感じる日がくるとは考えてもみなかった。

急いで服を脱いできたのでまだヌリスはいない。さっさと身体《からだ》を流し、ヌリスが来る前に浴槽へ身を沈める。彼女がすぐ隣に入ってくるのを感じるまでは、湯気で濁った天井付近を頑《かたく》なに眺めていた。

「ちょ、ちょっと近くないか」

「いいえ、別にそうは思いませんよ？」

のんびりとした声が耳元で聞こえた。ケントの目はまだ天井を見ている。それでも視界の端にヌリスの姿が映った。顔をさらに背けると、首の筋がピンと張り詰めてしまう。

「一つだけ、確認したかったことがあるんですけど」

しばらくのちにそう言われて、ケントは心構えをする。

いつか訊《き》かれると思っていたのだ。ヌリスの記憶の空白期間に起こったことについて。自分が唯一、ヌリスに教えなかったことについて。

相手は魔法使いだ。言葉で思考しないよう心を鎮《しず》める。

ずい、と動く気配がして、気が付くとヌリスの顔が真正面にあった。あのときからあまり変わらない純朴なそばかす面が、すぐ手の届くところにある。湯から出ている裸の肩も。

あっという間に、鎮《しず》めた心はとんでもなく乱されてしまった。

「頑張って、隠しているみたいですね」

顔がさらに近づいてきて、ケントは思わず背中を反らす。

「な、何を」

「私と初めて会ったときのお話ですよ」

「ああ……」

身体《からだ》が近すぎてそれどころではなかった。お湯は適温だったが、のぼせそうになる。

「安心してください。私、聞かないことに決めたんです」

「聞かない……え？」

てっきり追究されるものとばかり思っていたから、ケントは拍子抜けした。

ヌリスは大人びた微笑《ほほえ》みを浮かべる。

「ケントさんは、私が透明なままでいられるようにしてくださったんですよね」

何も言えなかった。厳密には、何も考えられなかった。ヌリスは心を読んでしまう。

「いいんです。そのまま、私の話を聞いてください」

　相変わらずケントの目の前で、ヌリスは温まってきたのか少し腰を浮かせさえする。

「私はおよそ五年前、すべての記憶を失いました。記憶どころか、自分の身体《からだ》以外の何も、もっていない状態になったんです。そこから解放軍のみなさんに拾ってもらって、全く新しい人生を歩み始めました」

「……そうだな」

「解放軍での私の特技は、みなさんを分け隔てなく癒《いや》すことでした。不器用な私にそんなことができた理由は一つ。私には何もなかったから――ホーティスさんの言葉を借りれば、透明だったから、色をもたなかったから、どんな人でも受け入れることができたんですよ」

　そこまで聞いて、ケントは確信した。ヌリスはきっと、自分が頑《かたく》なに過去を語らなかった理由を、もう十分に知っている。

「今もそうです。私は誰にもこだわらず、誰かにとっての特別にもならない、誰の色にも染まらない、そんな生き方を選びました。私の中に特別というものができてしまったら、きっと他の何かが犠牲になってしまいますもの」

　言葉にしてみると残酷にも響く生き様だった。

　魔法で人を分け隔てなく癒《いや》すためには、有限の愛をあらゆる方角へ向けなければならない。愛がどこか一つに向けば、他が薄くなってしまう。だから、その一つをつくらない。

強がっているようには聞こえなかった。しかし念のため、確認する。

「ヌリスは……それで寂しくないのか？」

「はい。こうして使命に殉じる生き方も、また悪くはないと思っていますよ」

「そうか、よかった」

「ここからは私の想像ですけど」

ヌリスはようやくケントの隣に戻った。視界の端に映る肌からケントは極力目を逸《そ》らした。

「ケントさんが私に過去を教えてくれなかったのは――もし話してしまえば、まっさらだった私の記憶がその色に染まってしまうと、そう考えてくれたからではないですか？」

その通りだった。

ケントだって、本当は言いたかったのだ。子豚の身体《からだ》に宿り、ヌリスを命懸けで助け出したことを。短くとも特別な時間を共有したことを。またこの世界に戻ってヌリスに会いたいと、そう思わせるほど強烈な色に、そのとき染められてしまったことを。

だが、言わなかった。再スタートしたヌリスの、彼女らしい生き方を尊重したかった。自分だけが過去の特別な存在になって、彼女のまっさらな部分を自分の色で汚してしまう――そんな真似《まね》は避けたかった。

「まあ……概《おお》ね、それで合ってると思う」

ケントは、そう答えるので精一杯だった。

　この気持ちは、絶対にバレてはいけないのだ。本当は、こちらにも来るべきではなかった。イノシシとして死に、そのままずっとあちらにいるべきだった。でも来てしまった。ヌリスが以前のままでいるか確認するためなのだからと、自分へのみっともない言い訳を携えて。

「じゃあこれは――」

　とヌリスが動いた。

「今夜のことは、なかったことにしましょうね」

　ケントの視界の端に、隣のヌリスが身を乗り出してくるのが映った。思わず背を向けると、柔らかい感覚に包まれる。風呂《ふろ》の中で、ケントは後ろから抱き締められていた。

　一瞬――ほんの一瞬だけ、ヌリスの唇がケントの頬に当たった。

　しっとりとした湯気の中でも、その湿り気は確かに皮膚に感じられた。

　ケントは驚いてヌリスの腕から抜け出す。顔が真っ赤になっていた。

「ば、馬鹿、はしたないだろう」

「一度でいいから、やってみたかったんですよ」

　いきなりのことだった。ケントには、ヌリスが何を考えているのか分からなかった。

「ケントさんは、またあちらに帰ってしまうんですね？」

「あ、ああ……そう、そのつもりだけど」

「私との過去をもって帰るときに、さっきのことも、一緒にもって帰ってください」

ヌリスはそう言ってウインクすると、ふんふんと楽しそうに鼻歌を歌い始めた。

ケントはこれ以上お湯の中にいると倒れてしまう気がした。慌てて風呂《ふろ》から上がる。

人生に差し込んできたあまりに強烈な色——こちらに残してしまわないよう、ケントはその思い出を一滴残らずもって帰ろうと強く決意した。

風呂《ふろ》から上がった後、互いにきちんと服を着てからケントは切り出す。

「今回は、お別れを言いにきたんだ」

ヌリスはそれを聞いて首を振る。

「お別れなんて、寂しいことを言わないでくださいよ」

「でも、もう会えないかもしれないから——」

「また必ず会いましょう」

力強い言葉にケントは頷《うなず》いた。世界は遠ざかっている。でもまたいつか会える気がした。

ケントは翌日に帰還した。

これから流れる長い年月の中で、二人はまた何度か顔を合わせることになる。

それでも不透明な夜は、この一度きりだった。

第二章

水は落ちるのみにあらず

the story of
a man turned into
a pig.

One year later

あれから一年

絶対に取り返しのつかない失敗というのは、実は滅多に存在しない。

覆水盆に返らずなんていう言葉もあるが、別に水なんて汲《く》めばいいのだ。

落としてしまったものは、また持ち上げればいい。落ちた衝撃で壊れてしまったのなら、直せばいい。直せないのなら新しいものを用意すればいい。

失われた命は戻らない。だが逆に命以外は案外なんとかなるものだ。

重力がリンゴを落としてしまうのなら、俺たちで逆の仕事をしていこう。この手でリンゴを持ち上げてやろう。いかなるリンゴも必ず落ちる運命にあるのが事実だとしたって、そのすべてが地面で腐ることを運命づけられているわけではないのだから。

落ちる前に収穫すればいい。落ちてしまったリンゴを拾い集めることだってできる。

浮かない顔でアップルパイを食べるジェスに、俺はくどくどとそう説明した。


青森県西部に広がる肥沃な津軽平野《つがるへいや》。弘前《ひろさき》はその第一の都市だ。

今も江戸時代の面影を残す弘前城《ひろさきじょう》を中心に、城下町として発展してきた町並みが広がる。明治以降は軍都や学都としても栄え、価値の高い洋風建築も数多く保存されている。

訪れた人がまず目を奪われるのは、西に巨大なシルエットを広げる独立峰、岩木山《いわきさん》だろう。山頂に三つの峰がある美しい輪郭はいかにも漢字の「山」といった風情《ふぜい》で、左右に広がるなだらかな裾野にはまるで優しく抱かれているような気さえしてくる。

実際、岩木山《いわきさん》は日本海より吹き寄せてくる潮風から弘前《ひろさき》を守る位置にそびえている。岩木山《いわきさん》に抱かれた弘前市《ひろさきし》がリンゴの生産量において日本一を誇るのは有名だ。市街へと伸びる東麓《とうろく》には延々とリンゴ畑が広がり、日当たりのよさ、水はけのよさ、昼夜の程よい寒暖差によって、甘くておいしい果実を毎年大量に生産している。

一一月に入り、今はふじや王林《おうりん》といった主力リンゴの収穫最盛期だ。

「ずいぶんお詳しいんですね」

〈ああ。親戚が弘前《ひろさき》に住んでてな。たまに来ることがあるんだ〉

弘前駅《ひろさきえき》から路線バスでおよそ二〇分。ジェスにバスの難解な現金払いをなんとかクリアしてもらい、俺たちは弘前市《ひろさきし》りんご公園《こうえん》に来ていた。

公園という名前だが実質リンゴ畑のようなもので、赤や黄色や黄緑の果実をたっぷりつけたリンゴの木がなだらかな丘の表面をびっしりと覆っている。壮観だ。

すでに昼過ぎ、天気はよく岩木山《いわきさん》もてっぺんまで見えるが、風はかなり冷たい。

何か考え込んでいるのか立ち止まってしまったジェスを振り返る。

〈どうした？〉

「こちらにご親戚がいらっしゃるのでしたら、今からご挨拶に伺った方がいいでしょうか」

〈……さすがに気が早いぞ〉

豚を連れた金髪美少女が現れたら、津軽《つがる》のばっちゃは「わいはー！」と叫んで腰を抜かしてしまうことだろう。

〈そもそも両親にだってまだ会ってないじゃないか〉

「豚さんが会わせてくださらないんですよ」

〈息子が豚になったと知ったらショック死しちゃうからな……〉

両親にはまだ豚になってしまったことを話していない。というか話す気もない。もともと頻繁に顔を合わせるような仲ではないので、工藤新一《くどうしんいち》よろしく連絡だけとって誤魔化していた。

〈ともかく、目的地には着いた。まずは例のあれを探そう〉

「はい……」

はぐらかされたと思ったのだろう。ジェスの返事はどこか不満げだった。

それはさておき。

俺たちが東北新幹線と奥羽本線《おううほんせん》を乗り継いではるばる弘前《ひろさき》まで来たのには理由がある。

ジェスの千里視《せんりし》——俺が勝手にそう命名しただけでそういう名前があるわけではないが、ともかくなぜか遠くの景色が見える現象——がまた発生したのだ。

小石川《こいしかわ》で一つ目の楔《くさび》を発見し、今回はおそらくその三つ目。

二つ目は先月、日光《にっこう》で見つかった。

その日は休日だったこともあり、ひろぽんが急遽《きゅうきょ》レンタカーを出してくれた。さらにたまたま予定がなかったケントも同行することになった。契約《けいやく》の楔《くさび》を探しにいくのが主目的ではあったが、久々に懐《なつ》かしい顔ぶれが揃《そろ》い、なかば日帰り旅行のような感じだった。

日光《にっこう》でも楔《くさび》は順調に見つかり、時間が余って温泉に立ち寄ったくらいだ。俺は楔《くさび》と一緒に車の中でお留守番だったが、ひろぽんは風呂《ふろ》から帰ってくるなり「ジェスちゃんはやっぱりロリポさんにはもったいないと思うので私がもらっちゃってもいいですか？」などと言ってくる有《あり》様《さま》だった。いったい温泉で何を見たのだろう。一方のジェスは何を勘違いしたのか、「豚さんは絶対に渡しませんからね」などと主張し始めてしまった。女性風呂でどんなガールズトークが発生したのかは知らないが、ケントには「ラノベの主人公みたいでいいですね笑」と微妙に褒めていない感じの賛辞を贈られる始末だった。

今日は平日なので、ひろぽんやケントはいない。夜に発生したジェスの千里視《せんりし》を受けて、急遽《きゅうきょ》二人で弘前《ひろさき》まで来ている。ジェスは新幹線に乗るのが初めてで喜んでいたし――「速すぎて景色が小さく見えます！」と不思議な感想を言っていた――ちょうどリンゴと紅葉の季節でもあったため、俺はどこかまた旅行気分でいた。

ジェスが視《み》たいくつかの景色の中には、手掛かりになりそうなものが交じっていた。

まず、まばらな草地の上に敷かれた銀色のシート。

それから、寄せ集められたカラフルな花々。

そして最後にはいつも、芝生の中にぽつんと置かれた三層の櫓《やぐら》。

確実に絞り込めたわけではない。しかし自分のよく知っている弘前《ひろさき》がジェスの言う条件に当てはまったため、とりあえず行ってみようということになったわけだ。

一番のヒントになったのは櫓《やぐら》だ。

最初ジェスは「白い壁に緑の屋根の、三階建ての素敵なお家《うち》」と言っていたのだが、特徴を聞いていくうちにどうやら古風な日本建築のようだと判明。「一番上の屋根の左右にお魚さんがいます」というのがしゃちほこを指していると気付いたのだ。日本の城の写真を見せてみると「まさにこんな感じです！」と言っていたので、さらに条件を絞り込むことにした。

気になったのは、三層の櫓《やぐら》なのに平らな場所の真ん中に建っているらしいこと。しかも周りを柵で囲まれているという。立派な櫓《やぐら》なら普通は石垣の上に置かれそうなものだが、なぜそんな状況になっているのか。

そこで思い出したのが弘前城《ひろさきじよう》だった。五年ほど前に、膨らんでしまった石垣の修理のために天守を丸ごと移動しているのだ。修理する石垣から避難した天守は今、平らな本丸《ほんまる》の真ん中にどすんと置かれている。写真を見せるとどうも一致していそうだということで、朝の新幹線で青森へ直行したというわけだ。

そして、城ではなくリンゴ畑に来ているのにも理由がある。

「あ！　ありました！」

ジェスが嬉《うれ》しそうな声で地面を指差し、駆け寄った。その手には鎖が握られ、鎖は俺に装着されたハーネスへと繋《つな》がっている。俺もジェスに続いた。

赤い実をつけたリンゴの木の下に、大きな銀のシートが敷かれている。

〈これで間違いないか〉

「ええ……でも、これにはどういう意味があるんですか？」

俺は銀のシートに反射する日光に目を細める。

〈これはリンゴの実を尻まできれいに色付けるためのものだ。日光のよく当たった部分が赤くなるから、色付きのいいリンゴを作りたい場合は、こうして果実の上の葉を取り除いて、下に光を跳ね返すシートまで敷く〉

他に桃やさくらんぼなどでも使われているらしい。

「赤色になると、おいしくなるんですか？」

〈味はあんまり変わらないと思う。きれいな赤色の方が、都会では喜ばれるんだ〉

「ほほう」

ジェスは顎に手を当てて真っ赤なリンゴを見た。ちょうど銀のシートがレフ板のようなはたらきをして、一兆年に一度の美少女の顔を明るく照らしている。

俺がカメラを持っていれば岩木山《いわきさん》をバックにパシャリとやって、一枚いくらで売りさばくとなんてことなかったか……。


「私は一兆年に一度の美少女ではありませんが……」

などと言いつつも、ジェスはこちらを向いてにこりと微笑《ほほえ》んでくれる。

暴力的な価値をもつ映像が網膜に焼き付けられてしまうのを感じた。こんなことならカメラマンとしてひろぽんかケントを強引に連れてくるべきだったか……。

「こんな笑顔は、豚さんにしか見せませんよ」

たまにとんでもないことを言ってくるから、この少女は油断ならない。

うふふと笑ってから、ジェスは難しい顔をして銀のシートの敷かれた一帯を歩き始めた。

ジェスの千里視《せんりし》には不思議な性質がある。最初に視《み》たもののうちのいくつかに、その実物を見ると新たな景色が視《み》えてくるものが存在するのだ。俺たちはこれを「連鎖」と呼んでいる。じっと観察したり、そこからしばらく目を閉じたりしているうちに、夢を見るような感じでイメージが浮かんでくるのだという。それが重要な手掛かりになったりもする。今回もその連鎖を狙って、わざわざバスでこの公園までやってきたのだ。

もちろん、ジェスにこのきれいなリンゴ畑を見せたかったというのもあるのだが……。

しばらく銀のシートを見ながら歩いていて、俺もふとあることに気付いた。

鏡とまではいかないが、メタリックなシートは上方の景色を反射している。その像では、リンゴの赤くらいならば認識できるのだ。

するとジェスのスカートの中にどんな色があるのかも、理論上は見えることになる。頑張って目を凝らしてみるが、シートが土でくすんでいたり、皺《しわ》になっていたりして、なかなか判別が難しい。太陽光が上手《うま》く反射して奥の方まで照らしてくれれば、あるいは――

「黒ですよ」

とジェスは冷ややかに言った。

「もっと近くを歩いてくだされば、直接見えるじゃないですか」

〈そうなんだが、我が国にはチラリズムという美学があってな、咲いてはすぐに散っていく桜のようにあえて儚《はかな》く刹那的な見え方を追求する精神が神話の時代から存在しているんだ〉

「大変な国に来てしまいました……」

俺の説明ばかり聞いているせいか、ジェスは日本のことを変態さんの国だと思っている節があるようだ。まあながち間違いではないのかもしれない。

どういうわけかジェスは、この国では貧乳好きが多数派なのだと思い込んでいたこともあった。確かに俺は控えめな方が好きだし、お世話になっているイラストレーターさんもそうらしいのだが、ひろぽんやケントや担当編集者は大きい方が好きだと言っている。多種多様な性癖を尊重しあらゆる事実を客観視できる理系オタクの身としては、彼らと分かり合うことが決してないとしても、控えめ派が劣勢であることは認めなければならない。

もちろん、俺はそんなこの国を変えたいと思っている。

「別にいいですよ。どうせ豚さんも、ヒマワリが大好きなんでしょうから」

爆乳のイラストが氾濫するこの国の真実を知ってしまったとき、ジェスは拗《す》ねたようにそんなよく分からないことさえ呟《つぶや》いていた。

〈何を言ってるんだ、俺はハムスターじゃない〉

「でも……スミレじゃ物足りないんでしょう」

〈いやいや、スミレの種を食べるのなんて蟻《あり》さんくらいだぞ〉

「え、蟻《あり》さんはスミレの種を食べるんですか？」

なんだか話が嚙《か》み合《あ》わない気がしながら、俺はなぜ蟻《あり》がスミレの種子を好むか説明した――

「豚さん！」

呼ばれて、ジェスに見とれたままぼけっとしていたことに気付いた。

テコテコ走って追いつく。

〈どうした？〉

「視《み》えました！　新しい景色が」

〈おお！　何が視《み》えた？〉

「ちょっと説明しづらいんですが……黄色やオレンジ色に色づいた葉が、空を覆っていて……でもそこに、ぽっかりと隙間が開いているんです」

〈それは……つまり、森か何かの中から空の方を見上げているということか？〉

「ええ、そういう状態になります」

〈なるほど。だがそんな景色、いくらでもありそうだな〉

「隙間の形がちょっと特殊で……何の形と言えばいいんでしょう。こんな感じで」

ジェスは両手を胸元で合わせて、いわゆるハートマークを作った。

うむ。

〈ちょっと考え事をしたいから、そのままの体勢でいてくれるか〉

「はい……」

不思議そうな顔をしてこちらを見てくるジェス。

これは難しい。なんとも難しい。超難問だ。考えれば考えるほどに謎が深まる。

そうだ！　解決の糸口を思い付いたぞ！　ジェスにやってもらおう。

〈ジェス、悪いんだがそのままの格好で、『萌《も》え萌《も》えきゅん』と言ってくれないか〉

「なんですか、それ」

〈いいから。謎を解くのに、絶対に必要なことなんだ〉

「そうですか……では……」

〈ちょっと待て！　その表情じゃダメだ。もう少し恥じらうような、はにかむような顔で〉

「表情が謎を解くのに必要なんですか……？」

〈ああ。もちろんだとも。やってくれるか〉

「ええ……」

戸惑いながらも、ジェスははにかむような表情を作った。女優である。

「もえ、もえ……きゅん」

ブッヒーーーー！

カメラマンがいないのが悔やまれる！

「ぶ、豚さん、もういいですか？」

〈ああ。とても助かった。ありがとう〉

ジェスはようやくハートマークを崩した。

「なんだか上手《うま》いこと乗せられてしまった気がしなくもないんですが……」

〈何を言う。おかげで謎が解けたぞ。やはり目的地は、この弘前《ひろさき》で間違いなかったみたいだ〉

「本当ですか！」

〈ああ。お土産にリンゴでも買ってから、お城に向かおう〉

バスを待つより、歩いて直接向かった方が早いようだった。
リンゴを買ったり――ピンク色が可愛《かわい》い「陸奥《むつ》」と黄色で甘い「星の金貨」を選んだ――リンゴジュースを飲んだりしてから、俺たちは城へ移動した。

弘前城《ひろさきじょう》は、今は主に弘前公園《ひろさきこうえん》という名前で呼ばれている。しかしながら、三重の堀や江戸時代の建築物が残っており、緑豊かな公園全体にかつての面影が忍ばれる。

りんご弘前公園《ひろさきこうえん》は南西方向にあったため、俺たちはまず弘前公園《ひろさきこうえん》の南西の端に着いた。

公園は地図で見ると、西を向いたモアイの頭のような形をしている。南西の端はその顎に当たる。俺がジェスを連れていったのは、その顎の先にある大正浪漫喫茶室《たいしょうろうまんきっさしつ》だった。

立派な日本庭園を望む赤いとんがり屋根の洋館――その中で営業しているおしゃれなカフェだ。大正浪漫《たいしょうろうまん》の名前に負けないレトロな内装で、サンルームの席で庭園を眺めながらアップルパイを食べたりすることもできる。

「……これってただの観光なのではありませんか？」

数種類選べるアップルパイの中から迷いに迷って二種類を頼んだジェスは、キラキラした目でどちらも半分ほどまで食べ進めてから、ようやく気付いたように言った。

〈楽しむことも重要だろ。せっかく本州の北の果てまで来たんだ〉

このカフェはおそらくペット禁止だが、俺はジェスの魔法で上手《うま》く誤魔化してもらって、窓際《まどぎわ》で大人しくお座りしている。

「でも……私たち、契約《けいやく》の楔《くさび》というとても大事なものを探しにきているんですよ」

〈大丈夫だ。他に楔《くさび》の在処《ありか》が分かる人なんていないだろ。あと一二六個もあるとしたら、楽しんでいなきゃ心がもたないぞ〉

「楽しむ資格が私にあるのか、不安なんです」

〈もちろん、あるとも〉

そこで俺は説明した。取り返しのつかないことではない。落ちたリンゴは拾えばいい、と。

もし拾うのが俺たちの使命だとして、拾うことを楽しんではいけないことにはならない。

それに俺だって、美少女との弘前《ひろさき》デートを楽しみたい。

「これは……デートなんですか？」

地の文を漏らさず拾ってくるジェス。

〈傍《はた》から見たら豚のお散歩だろうが、まあ見方によっては、そうなんじゃないか〉

「豚さんは、デートだと思っているんですか？」

童貞オタクになんていうことを訊《き》いてくるんだ。

〈まあ……定義によっては、デートなのではなかろうか〉

「定義ではなくて、豚さんのお気持ちを訊《き》いています」

〈いやまずはデートというのが何かを定義しなければそもそもこの議論が始まらないのであってもし男女がお出かけすることを広くデートと呼ぶのであればまあこれはデートなのではないかという判断を下すのも俺は別に吝《やぶさ》かではないのだが〉

「一行で」

〈デートだと嬉《うれ》しいです〉

「よく言えましたね」

ジェスは嬉《うれ》しそうに笑って俺を撫《な》でてきた。

「デートなのであれば、楽しみます」

ジェスはるんるんとアップルパイの残りを食べ始めた。透明なゼラチンで固められたあっさりタイプのものと、ナッツ類の入った濃厚な味わいのもの。俺も少しだけ分けてもらった。リンゴの本場だけあってやはりおいしい。ジェスはさらにもう一種類試したい様子だったが、それはまたお土産で買おうということになった。

秋の日は釣瓶《つるべ》落《お》とし。

早くも日が傾いてくる気配を感じたので、俺たちはカフェを出て城を探ることにした。

カフェを出たところがモアイのおとがい——弘前公園《ひろさきこうえん》の南西の端で、外堀の西端でもある。顎の辺りを境に西は急な下り坂になっているため、外堀もここで終わっているのだ。

公園の周囲を沿うように走る道路の脇には枝ぶりの立派な桜並木が続き、そのすぐ向こうが水を湛《たた》えた堀になっている。外堀沿いに東へ、モアイの首を背中に向かうようにして歩く。

桜の葉は紅葉真っ盛り、黄色から橙の暖かなマーブルカラーに染まっている。春は薄紅《うすべに》の花が見事で地元の人や観光客でごった返すのだが、秋もまたこの紅葉が美しい。

本来なら今の時期は「弘前城《ひろさきじょう》菊と紅葉まつり」が開催されるほどだ。ただ、今年は情勢を鑑《かんが》みて中止となっているらしい。そのせいか、人通りはあまり多くなかった。

「このお堀、不思議です」

　歩いている最中、突然ジェスが言った。風で落ちた桜の葉が俺たちと並走するように流れていくのを目で追っている。

〈何が不思議なんだ？〉

「だってほら、このお堀の水は私たちと同じ方向、西から東へと流れていますよ」

〈……そうだな。でも、何かおかしいか？〉

「このお堀が西から東に流れているなら、一番上流なのは西の端のはずです。でも西の端の向こうはすぐ下り坂になっていました。するとこのお水は、どこから来ているのでしょう」

〈ああ。それなら、今は岩木川《いわきがわ》の水をポンプで汲《く》み上《あ》げてるんだ〉

　たまたま知っていることだったので、俺は答えた。

「いわきがわ……」

〈あっちの平野の方を流れてる大きな川のことだ。もちろん昔はポンプなんてなかったから、南の台地の方から流れてくる地下水脈を使ってたようなんだが……土地開発でその水脈が断たれてしまったのか、水が足りなくなってしまったらしい。だから一〇年くらい前から、わざわざ川の水をもってきて流してるそうだ〉

「なるほど。ずいぶんお詳しいんですね……」

〈割と有名な話らしい。花筏《はないかだ》っていう現象に関係してるみたいでな〉

「お花の筏《いかだ》、ですか」

〈ああ。桜の花びらが散って、この堀の水面を埋め尽くすんだ。岩木川《いわきがわ》から水を汲《く》むようになって、堀の水量が調節できるようになった。だから花が散る時期になると職員さんが水を止めて、できるだけきれいな花筏《はないかだ》が楽しめるように工夫してるらしいぞ〉

昔、その花筏《はないかだ》を見にきたときに、物知りそうな通りすがりのおじさんが教えてくれた。

「ほう……それはぜひとも見てみたいですね」

ジェスは興味深そうに堀を覗《のぞ》き込んだ。

なんだかやけに水の流れを気にするのだな、と思ったが——そうだった。

小石川《こいしかわ》では、水に溶け込んだ魔力を辿《たど》って契約《けいやく》の楔《くさび》を見つけたのだ。前回の日光《にっこう》でも、水の流れがヒントになることがあった。外堀の水に魔力は溶けていないようだったが、もし今回も同様なのであれば、この近辺の水の流れを把握しておくに越したことはないだろう。

〈せっかくだ、この城の堀の構造を確認しておこうか〉

「はい！」

観光案内所で手に入れた地図を持って、俺たちは外堀沿いを歩いた。追手門《おおてもん》の前を通過し、城郭の東側、モアイの後頭部に至る。

〈弘前城《ひろさきじょう》はいわゆる平山城《ひらやまじろ》と呼ばれるタイプだ。南東側、今俺たちがいる台地と、北西側に広がる一段下がった平野の、ちょうど境目に造られている〉

弘 前 公 園

Heat the pig liver / MAP

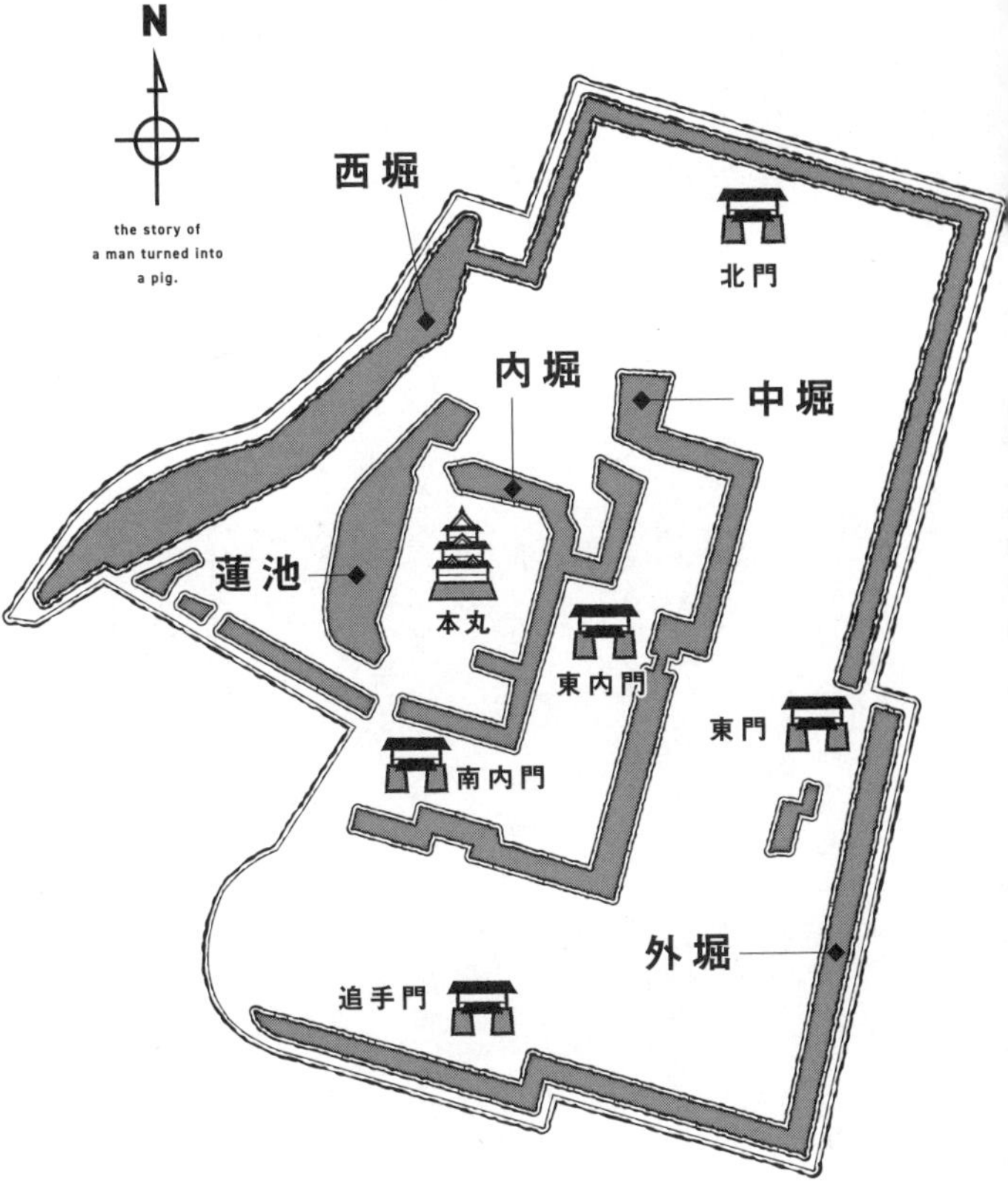

「西側が下り坂になっていたのは、台地から平地に降りるところだったんですね」

〈そういうことだ。小石川植物園《こいしかわしょくぶつえん》とちょっと似てるな〉

そして俺は外堀に近づく。外堀の東側は、北へ行くにつれて低くなる坂となっている。

〈堀の途中がダムみたいになってるのが分かるか。こうして段々にすることで、水が全部北の平野の方に流れていってしまうことを防いでいるんだ〉

水《み》戸《と》違《ちが》いとか呼ぶらしい。比較的傾斜の大きい東側の外堀は、何段にも分かれていた。

「なるほど、川から汲《く》んだお水が、南西の端を起点にして、まず東へ、それから北へ流れているんですね」

〈そうなるな。弘前城《ひろさきじょう》には外堀、中堀、内堀と三重の堀がある。見にいこうか〉

「はい！」

デートというかブタ〇モリになっている気がするが、まあいいだろう。

来た道を少し戻り、追手門《おおてもん》から弘前公園《ひろさきこうえん》の中へと入る。追手門《おおてもん》は江戸時代初期に建てられ、長きにわたって弘前城《ひろさきじょう》の正面玄関として使われてきた。由緒《ゆいしょ》正しき二層の櫓門《やぐらもん》である。今でも弘前公園《ひろさきこうえん》の入口と言ったらここだ。堀と土塁に囲まれ荘厳《そうごん》な雰囲気を放っている。

門をくぐってしばらく進むと中堀に着く。三重になっている堀の、真ん中。こちらにも堀に沿って桜の木がずらりと並んでいる。

「水の流れは……少し東に向かって流れているようですが、穏やかですね。地図を見ると、こちらもまた外堀とは独立しているようです」

水面を見ながらジェスが言った。

〈岩木川《いわきがわ》の水が、外堀とは別に中堀にも流されてるんだろうな。魔力は溶けてるか？〉

「いえ、ここには」

〈じゃあ今度は、一番内側にある内堀も見にいこう〉

俺たちは大きな木造の橋を通って中堀を渡り、二の丸の入口となる南内門《みなみうちもん》をくぐった。この辺りはとにかく、赤や黄に色づいたモミジがきれいだった。

本来なら紅葉を背景にジェスの写真でも撮りまくるべきなのだが、まずは目的地へ向かう。南内門《みなみうちもん》をくぐってすぐ左の林の中に、あまり目立たない名スポットがあるのだ。

植込みの隙間から桜の木に囲まれた空間に入る。

〈ジェスが視《み》たのは、もしかするとこれじゃないか？〉

小さな木の台が置かれたところまでジェスを案内した。

その台の上に上がると、ジェスは歓声を上げる。

「あ！　これです！　もえもえきゅんの形！」

ジェスはまた、胸の前でハートマークをつくった。

台の上に立って眺めると、空を覆う桜に一ヶ所だけぽっかりと大きな穴が開き、そこがちょうどきれいなハートの形になって見えるのだ。

桜の花の季節には多くの人が撮影に訪れるフォトスポットでもある。紅葉の時期もオレンジできれいなのだが、やはり薄紅《うすべに》が人気なのか、今はジェスと俺の他には誰もいなかった。

〈面白いだろ。花が満開の時期には、これがきれいな萌《も》え萌《も》えきゅん色になるんだ〉

「もえもえきゅん色とは……？」

〈ピンク色ってことだ〉

「どうしてピンクはもえもえきゅんなんですか」

〈どうしてだろうな、難しい〉

「そもそも、もえもえきゅんって何ですか？　どういう意味があるんですか？」

〈それは……まあ……別にいやらしい言葉じゃないから安心してくれ〉

「……いやらしい言葉なんですね。今度ひろぽんさんに訊《き》いてみますから」

〈違う！　誤解だ！〉

あまり深く話すと萌《も》え萌《も》えきゅんと言わせたことに何の意味もなかったとバレてしまいそうなので、俺は急いで話を変える。

〈とにかく、春はすごくきれいなんだぞ。百聞は一見にしかずだ。また春に見にこような！〉

「ええ、絶対に、また来ましょうね」

〈おう！〉

お花見デートか。悪くない。

「ところでもえもえきゅんをしたことに意味がなかった件なんですが」

〈地の文は気にしなくていいんだ。そもそも意味というのは自分で見出すもので――〉

俺がなんとか頑張ってはぐらかそうとしていたところに、それはやってきた。

まるで窮地に立たされた俺を助けにきたかのように。

あまりに猛スピードで走ってくるものだから、初めはそれが白色をしているということしか認識できなかった。ミサイルのごとく突進してきたそれは、まっすぐジェスに突っ込んだ。

「え？　……え？」

追及を忘れて困惑するジェスをよそに、白い何かはスカートの中へするりと潜り込む。

「あっ、ダメです、そんなところを嗅いじゃ……え、あの……」

呆然《ぼうぜん》としている俺の目の前で、スカートの裾からはみ出した白い尻尾が嬉《うれ》しそうにブンブンと振り回されていた。

嗅ぎまくられ、舐《な》めまくられたジェスがようやく取り押さえたのは、白い犬だった。

やたら毛並みのいい、一歳かそこらの若犬。首輪はしていない。もしや狂犬病ではと思ったが、顔を捕まえているジェスの指を今も舐《な》めまくりながら尻尾をビュンビュンさせる様子を見るにそうではなさそうで、単に変態なだけのようだった。

〈何だこいつは……〉

俺が近づくと変態犬はジェスの手から脱出し、俺の鼻面《はなづら》をフンフン嗅ぎ回った。少しだけぺろりと舐《な》められる。美少女と豚とではずいぶん扱いが違うようだった。

豚への興味はすぐに失われたらしい。再び美少女の方へ向かう。

「こら！　めっ、ですよ」

スカートへの再突入を試みた犬は、ジェスに叱られてきゅうんと鳴いた。

耳をしょんぼりさせて、おとなしくお座りする。物分かりはいい。

その白い犬を見て、ジェスと俺は顔を見合わせた。

無言でもお互いの言いたいことは分かる。俺たちは、ジェスのスカートの中に異常な興味を示す白い犬を、他にもう一匹だけ知っているのだ。

いや、まさかな……。

そもそもその犬は、本当は犬ではなく、全裸中年男性の化けた姿だったし、何ならその全裸中年男性はジェスの父親だった。そしてもう――一年半ほど前に死んでいる。

「このワンちゃん、一歳くらいに見えますが……」

言われてその意味に気付く。

もしかすると。もしかすると、こいつは――

〈心の声はどうだ？　何か聞こえるか？〉

「いえ、特に人らしい考えは……でも、ロッシさんのときも、あの人は心の声を隠していましたから……それにこのワンちゃん、妙に節度があるようで、ふともしか嗅がないんです」

〈それは単に生脚が好きなだけじゃないか……？〉

絶対領域の肌をハスハスしたい気持ちは俺にも分かる。

確かにロッシ――ホーティスも、実の娘の下着を嗅ぐのはさすがに気が引けたのか、脚ばかり嗅いでいたような気がする。だが今となっては、正体を隠す必要などないはずである。もちろん犬のフリをして実の娘に変態行為を繰り返したいのならば別だが……。

〈ジェス、ちょっとこの犬に質問をしてみてくれ〉

俺の指示通りに、ジェスは犬に向かって出題する。

「問題です。一足す一は？」

「わん！」

白い犬は無邪気に一声鳴いた。

〈不正解だ。やっぱり違うな。こんな簡単な算数も間違えるなんて〉

メステリアの標準は知らないが、ホーティスは少なくとも二の累乗を計算できていた。

「今のはワンちゃんの鳴き声では……？」

〈じゃあ次の問題だ〉

「はい……」

俺の伝えた通りに、ジェスは犬に問う。

「問題です。二引く一は？」

「わん！」

〈正解だ！　もしかすると中身は人間かもしれないぞ！〉

「…………」

そんな茶番はさておき。

白い犬は、なぜか勝手についてきた。豚はともかく、公園内には犬の散歩をしている人もいたので、そこまで目立ちはしない。リードなしなのが不安なところだったが、ジェスに変態行為をしまくるとき以外は非常におとなしい性格だった。

歩いている途中、犬は俺の尻に顎を乗せたりもしてきた。ロッシがそういうふうに俺をからかっていたことを思い出す。本当に、中身はあの男ではないのか。疑念は払拭《ふっしょく》できなかった。だが結局、やたらフレンドリーでジェスの生脚をハスハスするのが大好きな変態犬、ということしか分からない。

ついてくる犬を拒むことはせず、俺たちはとりあえず天守へ向かうことにした。

桜のハートが視《み》えたということは、目的地はこの辺りで間違いないのだろう。そしてよく考えてみれば、メステリアの出会《であ》いの滝《たき》も、小石川《こいしかわ》も、日光《にっこう》も、俺たちが楔《くさび》を見つけた場所は地形に高低差があって水が流れているところだった。サンプルが少ないので何とも言えないが、もしそういう法則があるのなら、今回も条件に当てはまっている。

ジェスが魔力反応を感知したのは、ちょうど俺がそんなことを考えていたときだった。

「豚さん！」

天守のある本丸《ほんまる》は内堀に守られている。内堀はその名の通り、三重になっている堀の一番内側だ。その内堀を指差して、ジェスは俺を呼んだ。

「少しだけ、ここのお水に魔力が溶け込んでいるようです」

〈本当か？〉

「ええ。微《かす》かにですが」

見てみるが、俺の目では当然分からなかった。変態犬もハアハアと嬉《うれ》しそうに舌を出しているだけで、特に何か助けてくれる様子はない。タヌキの例もあったし、この白い犬も悪い水を飲んで変態さんになってしまっただけなのかもしれない。

〈……地図を見ると、内堀も他の堀から独立してるようだな〉

「ということは、内堀の近くが一番怪しいということですね」

〈そうなるな。ジェスが夢で視《み》た天守を確認しながら、本丸《ほんまる》周辺を探ってみよう〉

「はい！」

水に魔力が溶けているということはやはり、ここに契約《けいやく》の楔《くさび》が隠されている可能性が非常に高いということだろう。前回のように水を辿《たど》れば、その場所を見つけることができる。

ジェスは真剣モードに入ったようだ。変態犬が脚を嗅いできても全く反応しなくなった。

どさくさに紛れて俺も——

「ダメですからね」

念を押されてしまった。

「そういうことはお家《うち》でやってください」

〈……部屋の中でやったら本気っぽくてヤバいだろ〉

言葉の選択を間違えてしまったのだろうか、ジェスは返事をしてくれなかった。

内堀に架かった橋を渡って本丸《ほんまる》に入る。本来なら本丸《ほんまる》の隅に置かれていた天守は、曳家《ひきや》によって本丸《ほんまる》の中央まで移動している。工事中なので本来の姿ではないが、天守がおかしなところにあるおかげで、むしろ天守と岩木山《いわきさん》を一望のうちに収めることができた。

弘前城《ひろさきじょう》と岩木山《いわきさん》、津軽《つがる》の地を見守ってきた二つのシンボルが並ぶ景色。

「まさにこれです！　私が視《み》たのはこの建物で間違いありません」

〈そうか、いよいよ近づいてきたな〉

俺たちはしばらく眺めを楽しみながら、天守の周辺を歩く。

ジェスと天守を同時に見ると、なんだか認識の混乱する感じがした。西洋風のファンタジー世界をともに旅してきた金髪美少女が、目の前で江戸時代の建築と同じ風を浴びているのだ。

別れと諦めから一年を経て、こんなことが現実になるのだな、と改めて思う。

それはまるで、大好きで何度も繰り返し読んでいた本の中から、ずっと一緒に冒険をしてきた少女が飛び出してきたような感覚だった。

結局俺には、あの思い出を本の中に物語として押し込んでおくことなどできなかった。

魔法がこの世界へもたらされたのと同時に、「現実」と「物語」は混ざり合い始めたのだ。

〈本丸《ほんまる》には何もなさそうだ。とりあえず、内堀を一通り見てみよう〉

「はい」

「わん！」

なぜか犬にまで返事をされながら、俺たちは探索を再開した。


太陽が赤みを帯びつつ白神《しらかみ》の山々へ沈んでいく。

内堀をぐるりと調べてみたが、全体的に薄い魔力が溶け込んでいるだけのようで、その源までは分からなかった。ただ、新たな発見があった。

三重になっている堀のうち、一番内側にある内堀と、その一つ外側の中堀は、北のところで隣接している。一段低くなったその中堀の側にも、魔力が溶け込んでいるというのだ。

魔力があるのは内堀だけだと思っていたので、新発見だった。

地図を見て考える。隣接している北の端で、二者はどうやら繋《つな》がっているらしい。

〈水面が高くなってるのは、今まで見てきた内堀の方だ。多分、魔力の溶けた内堀の水が、中堀の方にも少しだけ流れ込んでるんだろうな〉

二者を隔てている道に立って、俺は分析した。

本丸《ほんまる》へと繋《つな》がる北《きた》の郭《くるわ》に向かって、左が内堀、右が土塁を挟んで中堀である。弘前公園《ひろさきこうえん》をモアイに喩《たと》えると、ちょうど目の辺りに該当する場所だ。

「しかし魔力の濃度はどちらかといえば……」

などと言って、ジェスも考え込んでしまった。

状況をまとめてみる。

弘前城《ひろさきじょう》の東側をおよそコの字型に守る外堀、中堀、内堀という三重の堀は、地図上ではそれぞれ独立している。その一番内側である「内堀」に魔力が溶け込んでいた。だから俺たちは、城の中心部が怪しいのではないかと考えた。

だが調べを進めると、内堀の一つ外側の「中堀」でも、内堀と隣接している北端部分で、魔力反応が見られるというのだ。

水は上から下に流れる。中堀は内堀よりも一段低くなっているから、内堀の水がどこかで流れ込んでいるのだろうと思ったが……ジェスには何か引っかかるらしい。

「魔力の濃度は、水面の低い方、中堀の方がかなり高いんです」

〈どういうことだ？〉

「魔力の溶けた水が内堀から中堀に流れていたとしたら、内堀の方が魔力の濃度は高くなるはずですよね。でも、逆になっているんです」

例えば川の上流にインクが流れ込んでしまったとして、下流でその色が濃くなるようなことはない。肌寒い秋のこの時期、蒸発する水のことは考えなくていいだろう。水に溶けたものは拡散するしかないから、基本的には流れ込む元の濃度が高くなってしかるべきなのだ。

〈とすると考えられるのは……どこかおおもとになる水源があって、それが内堀と中堀の両方に流れ込んでるってことになるのか？　中堀の方に多く流れ込んでいれば、中堀の方で濃度が高いことも説明できる〉

魔力源が一つの場合、そこから魔力が薄まっていくわけだから、下方に行くにしたがって魔力反応は小さくなっていくのが普通である。しかしここではそうなっていない。低い位置にある中堀の方が、魔力の濃度が高くなっているのだ。

上の内堀から下の中堀へと水が流れ込むモデルではそれを説明することができない。内堀と中堀の水の流れに、もう少し複雑な関係があるとしか思えなかった。

城の水源はかつての軍事機密であり、秘匿されていることもある。内堀と中堀の共通の水源を探すのは骨が折れるに違いなかった。

日が傾き、空は暗くなっていく。早くしないと夜になってしまう。

考えていると、白い犬がキャンキャン鳴いて歩き始めた。ジェスの下半身以外にこれほどの興味を示すのは初めてだったので、ついていく。

「これは……」

犬は本丸《ほんまる》を囲む内堀にちょろちょろ注ぐ水を見ていた。俺たちの足元に配管があるらしく、地中から水が流れ出している。

「強めの魔力が溶けています。内堀の魔力はここから広がっているんでしょう」

〈じゃあ、ここが楔《くさび》のある洞窟への入口……？〉

「いえ、このお水の魔力は、あちらの中堀と同じくらいです……おかしいですね。豚さんの説なら、もう少し強い反応が出るはずなんですが……」

どうも分からなくなってきた。

城の堀の水がどう流れているかなんて、ここまで真剣に考えたことはなかった。水源を辿《たど》るなら低いところから高いところへと辿《たど》っていけばいいだろうと思っていたが、この城ではどうやら、そう簡単にはいかないらしい。

「中堀のお水がここまで流れてきているんでしょうか……でも、高低差を考えると普通は逆になりますよね……」

〈そうか、水が重力に逆らって流れることがあれば、この問題は解決するんだな〉

「そんなことがあるんですか？」

〈普通の城ではあり得ない。城があった時代にそんな仕組みは実現不可能だからな〉

だが今は令和である。ものは試しと、周囲の地面に耳を当てて音を聞いてみる。

どこかで水の流れる音でも聞こえればと思っていたが、これは——振動？

〈なるほど、やっぱりな〉

「豚さん、何か分かったんですか？」

〈ああ。ポンプだ〉

俺の指摘に、ジェスは小首を傾《かし》げた。

〈ポンプを使って、中堀の水を内堀まで汲《く》み上《あ》げてるんだ。そう考えれば辻褄《つじつま》が合う〉

「低いところから高いところへ、わざわざ水を運んでいるということですか？」

〈そうだろうな。さっき言ったように、弘前城《ひろさきじょう》の堀はかつて水不足に陥っている。一〇年くらい前から、平野の岩木川《いわきがわ》の水を台地の上までわざわざ汲《く》み上《あ》げて流してるんだ。水の巡りも築城当時とは違っていてもおかしくない〉

水が自然に流れる場合だけ考えていたのがいけなかった。

電力を使うことができる現代、一度落ちた水をポンプで汲《く》み上《あ》げることもあるだろう。

〈岩木川《いわきがわ》から汲《く》み上《あ》げた水をまず南西の端から中堀に流して、それが一番下流にあたる北まで流れたところで、今度はポンプを使って内堀の方へ流す——そういう新しいシステムになってるってことだろうな〉

「ということは……」

〈魔力の元は中堀の方にあるってことだ。中堀を上流の方へと辿《たど》ってみよう〉

「分かりました！」

「わんわんお」

ジェスのスカートの中からも返事が聞こえた。

なんとなくだが、この犬は俺たちが交わすやりとりを理解しているような気がした。

中堀を北から南へと辿《たど》っていく。弘前公園《ひろさきこうえん》は南へ行くにつれ高くなっているため、中堀も外堀と同様、いくつかの土手を挟んでいる。そのたびに、少しずつ水面が高くなっていった。そしてジェスによると、魔力も強くなっていく。

魔力の発生源はあっけなく見つかった。

中堀を横切るように造られた土手のうち、数歩で渡れてしまうような小さな石橋の架かっているものがあった。案内板によると、これが城内で唯一の石橋だという。石橋の下は小さなダムのようになっており、俺たちの来た北方に向かって水が流れ落ちている。

「ここより上流側には、魔力が全くありません」

石橋の上で水を観察しつつ、ジェスが言った。

〈つまりこの石橋の場所から魔力が流れ出てるってことか〉

「そういうことになりますね」

残る問題は、あの洞窟のような場所にどこから入るかという点だった。

石橋の周囲は紅葉が見事で、夕焼けの赤い空の下、幻想的な雰囲気になっていた。冷たい風が吹いてくる。青森の秋の夜は寒い。早めに捜索を終えないと風邪を引いてしまいそうだ。二人で手分けして周囲を見て回る。

「豚さん、この船！」

ジェスが堀の中を指差した。

「私、視《み》たことがあります！」

石橋の近くに、木造の船が浮かんでいる。武士を模した和風の人形が立っており、その服の部分は色とりどりの花で飾られていた。

〈ああ、これは菊人形だな……なるほど、そうか〉

ジェスが千里視《せんりし》で視《み》たものの中に、カラフルな花々というものがあった。

今年は中止になってしまったが、今は「弘前城《ひろさきじょう》菊と紅葉まつり」の期間中。この時期の弘《ひろ》前公園《さきこうえん》では、紅葉だけでなく菊人形も見ることができる。菊の花や造花で飾り立てた等身大の人形だ。事前に用意してあったものを、祭りが中止になっても展示しているのだろう。

ジェスは人形を見て首を捻《ひね》る。何やら気になることがあるらしい。

「この男性は、どうしておでこから上がつるつるなんでしょうか？」

おかしなことを気にするものだと思ったが、そういえばジェスはこうした日本の歴史に馴染《なじ》みがないのであった。

〈それはちょんまげだな。後ろで髪を結ってるだろ。この国では昔、ああいう髪型が流行《はや》っていたらしい〉

「不思議な髪型ですね。どうしてあれが流行したんでしょう」

〈もともと兜《かぶと》で頭が蒸れるのを防ぐためだったとか聞いたことがあるが……刀を差している時代の価値観はよく分からないな。単なるファッションだったのかもしれない〉

俺の指摘で、ジェスは人形が刀を帯びていることに気付いたらしい。

「思えば、こちらの国ではもう、武器を携行している人がほとんどいませんね」

〈必要がないからな。一般人の帯刀はもう一五〇年ほど前に禁止されている〉

「そうでしたか……一五〇年……」

もしノットがこちらの世界に来たら、銃刀法違反ですぐに捕まってしまうだろう。あちらとこちらでは、それだけ価値観が違うのだ。

少し考えてから、ジェスは続ける。

「メステリアも、一五〇年経《た》てば武器が不要になるのでしょうか」

〈それはノットやシュラヴィスたち次第だろうな〉

おしゃべりをしているうちに、日が暮れて、周囲は暗くなっていた。

普通に歩ける範囲には入口がないようだったので、最後の手段として、俺たちは闇に紛れて石橋の下まで降りた。堀の水は石橋の下を流れ落ちており、そこを境に魔力が水に溶け込んでいるのだ。一番疑うべきは橋の下である。普通は立ち入れない場所だが、仕方がない。

魔力の溶けた下流側に立ち、ジェスは石橋の下から上流側を見上げる。

「豚さん、準備はよろしいですか」

〈ああ。もちろんだ〉

石橋の下をくぐった瞬間、ジェスの姿が魔法のように消えた。

俺もその後に続く。視界が暗転する。

目を開けると、そこは青い光に満ちた洞窟だった。ジェスが少し先で俺を待っていた。頷《うなず》き合って歩き、奥へ奥へと進んでいくと、見慣れた景色に辿《たど》り着《つ》く。

大聖堂のように広い空間。真ん中に質素な台座がぽつんと置かれている。

〈よし。遂《つい》に三つ目だな〉

「ええ」

ぴちゃぴちゃと濡《ぬ》れた足音を立てながら台座に向かう。これで三つ目。残りは一二五個。一〇個になったらお祝いのパーティーでもしようか、などと余計なことを考えていたとき、

「え…………」

とジェスが不穏な声を出した。ジェスの視線の先を見て、俺もすぐその異常に気付く。

台座の上には何もなかった。

そこに置かれているはずの契約《けいやく》の楔《くさび》が、なぜか、失われている。

洞窟を出て石橋へ戻るころには、周囲はもう真っ暗になっていた。例の犬は洞窟まではついてこなかったが、近くで呑気《のんき》にお座りして、俺たちの帰りを待っていた。

ジェスは少しパニックになっているようだ。

「どうしましょう……楔《くさび》はどこへ行ってしまったんでしょう」

〈落ち着こう。大丈夫、きっと何かの手違いだ〉

そう考えるしかなかった。

魔力の源となる契約《けいやく》の楔《くさび》――メステリアを暗黒時代へと導いた結晶がこの世界で行方不明になってしまったとすれば、それは大問題である。

まだ一応、こちら側には魔法など存在しないことになっているのだ。

ジェス以外の誰かが魔力を手に入れてしまったら――そしてその人物が魔法を使い、何かよからぬことを企《たくら》んでしまったら――考えるだけで身の毛がよだつ。

世界はすっかり変わってしまうだろう。一五〇〇年では済まないほど後退するかもしれない。

「わおん！」

ここ見てわんわんと犬が鳴いたので、俺は彼が鼻で指し示すものを見る。

土の上に、何かの細い筋があった。タイヤの跡だろうか。

「どうされましたか……？」

心配そうに、ジェスがこちらへやってくる。ジェスがしゃがんで地面を確認すると、犬はその脚を嬉《うれ》しそうに嗅ぎ始めた。

〈これは……車椅子か何かの跡だな。二つの筋が平行に並んでいる〉

跡は新しかった。今日つけられたものだろう。地面を嗅いでみると、人のいた痕跡は見つかったが、嗅いだことのあるにおいや特徴的なにおいは見つからなかった。

そもそも車椅子の人間に心当たりなどない。きっと、散歩に来た無関係の人だろう。

車椅子の動きづらそうな土の上をわざわざ通っているのは気になるが……。

〈大丈夫だ。そもそも契約《けいやく》の楔《くさび》のことを知ってるのは、俺たち以外だとひろぽんやケントくらいのものじゃないか。二人は俺の友達だ。契約《けいやく》の楔《くさび》を横取りするようなことはしない〉

「ええ……そうでしょうけど……」

車椅子らしき轍《わだち》を見ながら、ジェスのスカートに頭を突っ込む犬を見ながら、考える。

〈まあでも、一応二人には確認をとってみるか。楔《くさび》のことを何か知らないかってな〉

反応がない。顔を上げると、ジェスが俺のことを不思議そうに見ていた。

「あの……サノンさんは？　あの方も、豚さんのお仲間でしたよね」

〈サノン……？〉

言われて初めて、すっかり抜け落ちていたことに気付く。愉快な髭面《ひげづら》を思い出す。

〈ああそうか、もちろんサノンもだ〉

ジェスに伝えてから、強烈な違和感が生じる。

どうして俺は今、あの忘れるはずのないロリコン野郎のことを数え損ねたのだろう。

そして、車椅子――。

何か思い出せそうなのに、なぜか思い出せない。

〈……まずいぞジェス、なんだかおかしなことが起こっている気がする〉

「ええ。私もそう思います」

「わんお……」

失われた楔《くさび》がどこへ行ってしまったのか考える。

どうやら俺たちは、こぼれた水を回収しなければならないようだ。

Heat the pig liver

小さき者

the story of
a man turned into
a pig.

Four years later

あれから四年

「パパ、パパ！」

駆け寄ってくる幼い双子の声で、ヨシュは読んでいた本から目を上げる。

「どうした、もうできたの？」

深紅の絨毯《じゅうたん》が敷かれた広い居間は、すっかり子供たちの遊び場になっていた。あちらこちらに絵本やら遊び道具やら紙切れやらが転がっている。

紙を両手で差し出しながらよたよたと近づいてくるのは弟のシルト。少し出遅れた姉のマリーは、紙をぐしゃぐしゃに丸めて握り、シルトの後ろから全力で走ってきた。

「あ！」

マリーに追い抜かれた瞬間、シルトはそちらに気を取られて立ち止まってしまった。ヨシュの座るソファには、マリーが先に辿《たど》り着《つ》く。

「できた！」

「どれどれ、見せて」

ヨシュはマリーから紙を受け取り、皺《しわ》を伸ばす。

そして驚いた。きちんと解けていたからだ。

双子に出題したのは「いもむし迷路」という言葉のパズル。迷路のように入り組んだたくさんの文字の中から目的の単語を見つけて線を引いていくものだ。昨日、二人に簡単なものを作ってみたらとても喜んだので、それならと今日は渾身《こんしん》の作を用意したのだった。

パズルに使う単語は「ぶた」とか「りんご」とか二人が確かに使ったことのあるものだけにしながらも、その数をとにかく膨大にした。ヨシュはこういうパズルを作るのが得意だった。昔、本の隅に迷路を描いて遊んでいたくらいだ。

単語数を膨大にしておけば、双子はそれに熱中して、もし運がよければ熱中しすぎて寝てしまって、自分が落ち着いて読書できる時間が長くなるだろう――そう目論《もくろ》んでいたのに、二人は思っていたよりもずっと早く解いてしまった。

そしてマリーの解答は、線はぐにゃぐにゃだったが、驚くべきことにすべて合っていた。まだ二歳にもなっていないというのに、まだペンの持ち方さえめちゃくちゃだというのに、これほどまでの知恵をつけているとは。自分が二歳のときは絶対にこの域まで達していなかっただろうとヨシュは素直に感動した。

「みて」

袖を引っ張られて、シルトが少し涙目になってこちらを見上げているのに気付く。

「ごめんね。シルトのも見せてごらん」

マリーのとは違い、シルトの解答用紙には皺《しわ》がなかった。こういうところが自分に似ているな、とヨシュは少し誇らしく思う。

シルトの解答も正しかった。

「すごいよ、二人とも正解だ」

ヨシュは心から褒めようとしたのだが、二人はどこか不満げだった。そういえば、どちらが先に解けるか競争させていた気もする。

「同時だったから引き分けだな」

それを聞いて、マリーの不満げな表情はたちまち明確な不満へと変わる。

「うそ！　あたしのかち！　かち！」

勝ち、負け、引き分け、というのはマリーが最初期に習得した言葉だった。

確かに先に提出してきたのはマリーだ。これだけの大きなパズルをタッチの差で解いたのだからそれでも引き分けにしてやりたいところだったが、すると喧嘩《けんか》が起こりそうだった。

「マリーはママに似て負けず嫌いだな。よし。かけっこの差でマリーの勝ちだ」

「やった！　かった！」

はしゃぐマリーに、シルトはしょんぼりと口を尖《とが》らせる。ヨシュは彼の頭を撫《な》でてやった。細く柔らかい黒髪にこちらがうっとりしそうになる。

「シルトもよく頑張った」

「うん」

涙目になりながらも負けを認める姿は、とても一歳児とは思えなかった。

ヨシュは頭に置いた手でポンと彼を元気づける。

「偉いぞ。お前は俺に似て穏健派だ」

「おんけんは？」

「喧嘩《けんか》しないってことだよ」

褒めたことは伝わったらしく、シルトも笑顔になった。

二人はヨシュの宝物だ。

魔力をもたないこの小さな双子が伸び伸びとその才能を発揮できる未来になってほしい。

両手で二人を抱き寄せながら、ヨシュは心からそう願わずにはいられなかった。


イツネは日が暮れる前に帰ってきた。だが、マリーとシルトは疲れてとっくに寝てしまっていた。ソファの上で、二人とも眉間に皺《しわ》を少しだけ寄せ、瓜二《うりふた》つの表情をしている。

いい夢見てね、とイツネは娘と息子に微笑《ほほえ》みかける。

「また寝ちゃってから帰ってくる。一人で相手するの大変だったんだから」

双子の顔を見ながら、ヨシュは小声で不満を漏らした。

「ごめんって。これでも早く切り上げてきた方なんだよ」

イツネは片目を閉じて謝ってきた。しかしヨシュは認めない。

「言い訳は二人にしなよ。許してくれるとは思えないけどね」

「許してもらおうだなんて思ってないよ」

イツネは双子の顔を愛《め》でながら、少し寂しそうに言った。

起こしてしまうと面倒だから、二人は少し離れて双子を見守ることにした。

「見てよ、この可愛《かわい》い寝顔。昔のヨシュにそっくりだ」

イツネの不意打ちのような発言に、ヨシュの頬がさっと赤くなった。彼女はそれを見逃さない。ニヤリと笑って弟を見る。

「お前は本当にあたしのことが大好きだな」

ヨシュは否定しなかった。姉のことが好きなのは事実だったから。

「仕方ないだろ、姉弟なんだから」

幼子の寝顔を見下ろしながら——ヨシュはそこに、かつての自分たちを重ね合わせる。


姉弟が家を出たのは、イツネが一二歳、ヨシュが九歳のときだ。

当然、自分たちだけで生きていけるような年齢ではない。それでも二人が家を出る決意は、揺らぐことがなかった。

きっかけは、大好きだったリティスが王朝に処刑されてしまったこと。

リティスは姉弟の家で雇用されているイェスマだった。いつも優しくて、幼いわがままにも嫌な顔をせず付き合ってくれて、親に怒られたら温かく慰めてくれて、実の姉であるかのように二人を可愛《かわい》がってくれた。処刑されたときはまだ一五歳だった。

処刑といっても、彼女には何の罪もない。暴漢に襲われてしまっただけだ。しかし当時の王朝の規則では、イェスマは乱暴されるだけでも死罪だった。

罪のない少女を王朝に渡してしまった父親のことが、姉弟は許せなかった。家の存続を優先して父親に同調した母親や、その家族のことも。

だから庭の隅に埋められるはずだったリティスの骨を持ち、家を飛び出した。

王朝軍の狭いコミュニティで育った姉弟には、外に何の身寄りもない。

自分たちの足で家からできるだけ遠くへ行った二人は、空き家や洞窟で夜を明かした。川で魚を釣り、森で小動物を狩り、畑で作物を盗み、ときには市場で物乞いもした。

生き延びることができたのは、龍族《ラチエルテ》の力のおかげだった。

ヨシュは龍族《ラチエルテ》の視力と聴力を備えていた。だから自分たちに迫る危険に敏感だった。

危険に対処するのはイツネだ。龍族《ラチエルテ》の肉体をもち、一二歳ですでに鉄製の手枷《てかせ》を引きちぎるほどの力をもっていた。幼い少女だと舐《な》めてかかる悪漢たちをことごとく打ち倒した。

二人は何をするにも一緒だった。ヨシュはイツネがいないと到底生きていけなかったし、逆にイツネも、ヨシュの危機察知能力なしには切り抜けられない局面をいくつも経験していた。

どんなにひどい喧嘩《けんか》をしても、夜には二人で一緒に眠った。

泣き虫のヨシュはよく泣いていた。冬の寒い夜は特に。恐ろしさとひもじさと不安が一度にわっと襲ってきて、どうにも涙が止まらなくなるのだ。

「大丈夫。あたしがずっと守ってあげるから」

イツネはよくそう言って、ヨシュを抱き締めて眠った。

ヨシュはそんなイツネのことが大好きだった。

大きくなったら姉ちゃんと結婚する――そんなことすら言ってしまう少年だった。

放浪を続けるうちに、二人は西部の修道院に拾われた。修道院といっても、この時代、宗教的な意味合いは薄かった。身寄りのない貧しい者たちが王朝の掲げる価値観に基づいて共同生活を行いながら、地域の慈善事業を手広く担《にな》う施設である。

王朝の手が行き届かない社会福祉を担《にな》っていたため、むしろ王朝の監視は甘く、修道会には王権下の社会構造を疑問視する独特の風土があった。

姉弟が拾われたのは、燻《くすぶ》っていたその火種が密《ひそ》かに燃え広がり始めていたころ。バップサスの修道院が焼かれて何人ものイェスマが命を落とした後だった。

二人の暮らす修道院に出資していたのは、反王政の思想が強い車椅子の老人。湖の真ん中にぽつんと建つ城を所有し莫大《ばくだい》な富を蓄えたグランという男だった。

「お嬢さんは、腕を磨けば一流の戦士になる」

修道院を訪れたグランはイツネに言った。リティスとの過去のことを聞き、イツネがまだその骨を大切に持っていることを知ると、二人に提案する。

「必要な金はいくらでも手配しよう。その骨で武器を作るといい。お嬢さんたちがまだ彼女のことを愛しているのなら、その刃《やいば》は必ず未来を切り拓《きひら》くだろう」

長い放浪の途中で骨の多くがいつの間にか失われ、そのとき残っていたのはいくつかの大きな破片だけだった。このまま持っているよりはいっそのこと、などと考えるイツネに、ヨシュは猛反対する。

「絶対嫌だ。リティスの骨を人殺しの道具になんてしたくない」

「まあそうだね。やめておこうか」

イツネもそれほど武器が欲しいわけではなかった。大抵の小悪党には素手で勝つことができたし、何に刃《やいば》を向けるべきなのか、そのときはまだ分からなかったのだ。

修道院に馴染《なじ》み始めたころ、姉弟は修道院の子供たちからいじめられるようになった。

龍族《ラチエルテ》という稀有《けう》な属性が気味悪がられた。特にイツネは、殴られたり蹴られたりすると肌に黒い鱗《うろこ》が現れる。やり返すと大怪我《おおけが》をさせてしまうことを自覚していたから、彼女は決して反撃しなかった。殴られて床で亀のように丸くなったところを蹴られる日々が続いた。

それでもイツネは折れなかった。子供の暴力くらいでは彼女の肉体は傷つかなかったし、放浪生活を経て彼女は鋼の精神を獲得していた。

耐えられなかったのはヨシュだった。

いじめに怯《おび》えるようになったヨシュは、少しでも不自然な物音を聞くと耳が黒く尖《とが》るようになり、同時に瞳も蛇のような金色のものに変化するようになってしまった。それを面白がる悪童たちによって、直接の暴力ではなく陰湿な嫌がらせが横行した。

わざとらしく叩《たた》かれた陰口は嫌でも耳に入る。鐘楼の壁に書かれた中傷は彼にだけ届く。毎晩泣くようになったヨシュは、また姉の腕の中で眠るようになった。

ヨシュはもう一三歳になっていたし、イツネは一六歳で身体《からだ》つきも女らしくなっていた。修道院の子供たちは同じベッドで眠る姉弟を下品にからかった。

それでもイツネは一緒に眠るのをやめなかった。自分の腕の中が、弟が一番安心できる場所だと知っていたから。

彼らの部屋に「終生変わらず、四つの靴で――」と二人を揶揄《やゆ》する誓いの文句が落書きされたときには、イツネは笑ってヨシュの肩を叩いた。

「昔はお前も、あたしと結婚するとか言ってくれてたなあ」

「知らないって。そんな昔のこと」

震えながらも涙声で強がるヨシュに、イツネは囁《ささや》く。

「あたしより強くなったら、本当に結婚してあげてもいいよ」

それには二つの意味があった。

他の誰よりもヨシュを愛していると伝えること。

そして、ヨシュにも強くなってほしいと、それとなく仄《ほの》めかすこと。

ヨシュが自分より強くなることはないという、絶対の自信に基づく発言だった。

しかしヨシュは、そんな姉の方便を本気にしてしまう少年だった。

イグランが再び修道院を訪れたとき、ヨシュはリティスの骨で武器を作るようお願いした。イツネはその身体能力を活《い》かすために常人には取り回せないほどの大斧《おおおの》を作り、ヨシュはそのずば抜けた視力を強みにしようと魔力で射程を補助した弩《いしゆみ》を作った。

いじめっ子に武器を向けることはなかったが、武器の存在はヨシュを精神的にも強くした。夜に涙を流すことはもうない。怖くて震えていた時間は鍛錬に集中する時間となった。

イツネが大木を一撃で斬り倒し、ヨシュが鐘楼の屋根に止まったハトの頭を一発で射抜くのを見た悪童たちは、それきり姉弟への嫌がらせをやめた。

二人は恐ろしい勢いで強くなった。

あまりに噂《うわさ》が立ち、王朝軍に目をつけられるようにさえなってしまったころ、ノットという若者が頭角を現し始めた。

イェスマから搾取《さくしゅ》する社会をぶち壊すという彼の志に共鳴し、二人は修道院を去って彼のもとに駆けつけた。

初めてノットを見たとき、ヨシュは一目で敵《かな》わないなと直感した。

澄んだ青色の瞳。無造作ながらも、なぜか優美に流れる金髪。中性的な細い身体《からだ》と端整な顔立ち。そして何より、落ち着いた佇《たたず》まいの中からも燃え盛る熱量が迸《ほとばし》るようで、目に見えずとも肌で感じられる覇気がある。

まるでおとぎ話からうっかり飛び出してしまったような存在。

悪を挫《くじ》き世界を変えるのだと一目で信じてしまえるほどに、疑いようのない英雄だった。

姉弟はノットが組織した解放軍の一員として、彼と行動をともにするようになる。ずば抜けた戦闘能力と、そして武器の共通点から、たちまち幹部の立場を得た。

イツネは初めて自分より強い男に出会い、ノットに夢中になった。

ヨシュは横から、それを複雑な気持ちで眺めるしかない。姉弟で結婚するなどという馬鹿げた話が現実になるとはもう思っていなかった。それでも姉が他の男に惚《ほ》れているのを見るのは悔しいものだった。大事な姉を取られたくなかったのだ。

結局イツネの初恋は実らずに終わった。

ノットは前しか向いていなかった。世界を変えることしか考えていなかった。亡《な》き想《おも》い人《びと》の骨が組み込まれた双剣で理不尽を焼き斬ることに執着していた。

内心密《ひそ》かに喜んでいたヨシュに、ある晩イツネはふとこぼした。

「あたしだって守ってもらえるんだって、あいつが初めて思わせてくれたんだ」

前後の文脈すら憶《おぼ》えていないほどにどうでもいい会話の、さりげないひとことだった。

しかしヨシュにはその言葉が突き刺さるようだった。

ずっと自分を守ってくれる強い姉が好きだった。大好きな姉はいつも強くて、帰るべき家のようにどんなときもそこにあるのだと信じて疑わなかった。

でもその姉だって、本当は誰かに守られたかったのだ。

考えてみれば当然だ。絶対の強さなんて存在しない。人はみな小さな存在で、弱いところを誰かに守ってもらいながら、そうでなければ必死に隠しながら生きている。

ヨシュは自分が姉を守れるほどに強くないことを悔やんだ。俺が守ってあげるとは口が裂けても言えないことを恥じ入った。弩《いしゆみ》を手に入れてから、強くなろうという努力を怠ったことはない。それでも姉には敵《かな》わなかった。技術も、心も、立場も、イツネには到底及ばなかった。

それが悔しくてたまらなかった。

悔やみに悔やんでから、いつか姉の恋路を応援しようと心に決めた。

次に現れたのは王家の末裔《まつえい》だった。名はシュラヴィス。ノットがおとぎ話から飛び出してきた存在だとしたら、シュラヴィスはおとぎ話そのものだった。

実直で、聡明《そうめい》で、能力に隙がない。聖堂に像が飾られている最初の女王の血を引き、解放軍の理解を超えた魔法を使いこなす王子。

彼の実の父である王を殺そうとしたヨシュたちを、シュラヴィスはあろうことか身を挺《てい》して庇《かば》ってくれた。そんな男が、父の身体《からだ》を闇の魔法使いに奪われ、ヨシュたちとともに旅をすることになったのだ。

そんな旅の中で、イツネが興味を引かれないはずがなかった。

シュラヴィスも彼女より強かったのだ。

英雄の次は王子様か、と呆《あき》れながらも、ヨシュは姉の恋を密《ひそ》かに見守った。

そもそも恋といっても、進展する類のものではない。シュラヴィスは世間知らずで鈍感で童貞で、とても自分に恋心が向けられていることになど気付かなかったし、イツネの変化も、最初のうちは彼女をよく知りすぎているヨシュにしか分からないほどのものだった。

それでも、王朝と解放軍が決裂したときのイツネの沈みようはひどかった。自身への想《おも》いにすら全く気付かなかったノットが彼女を心配したくらいだ。本人は原因を語らなかったが、ヨシュはそれを見抜いていた。イツネはシュラヴィスのことが本気で好きだったのだ。

その恋心が原因だったのかどうか、本人以外は誰も知らないが――レスダンで行われた王と英雄の決闘において、イツネがとどめの一撃を外したおかげで、今のメステリアがある。

イツネとシュラヴィスは、決闘の一年半後に結婚した。


双子の寝顔を眺めるヨシュを、イツネは後ろから抱き締めてきた。

「あたしもヨシュのことが好きだよ」

昔のように身体《からだ》が密着する。ヨシュは自分の耳がたちまち熱くなるのを感じた。恋する少年さながらに、その耳は赤く染まっていた。

「と、突然なんだよ」

双子を起こさないように声を抑えて抗議するヨシュに、イツネは目を丸くする。

「ちょっと、本気っぽい反応やめてよ」

からかうようにそう言って、笑いながら身体《からだ》を離した。

ヨシュには恋愛経験がない。ずっと一緒にいたイツネも当然それを知っている。だからこそ二人の間に少しだけ気まずい雰囲気が漂った。

「……一応、念のため言っておくと、男として好きなわけじゃないからね」

「知ってるよ、そんなこと。俺は姉さんより強いわけじゃないし」

少し間があった。

「その前に、あんた血の繋《つな》がった弟だろ。大丈夫か？」

本当に心配そうな顔をする姉から、ヨシュは目を逸《そ》らす。

昔のことを思い出していたせいだろう。失言をしてしまったのには自分でも気付いていた。

「血の繋《つな》がった姉さんの子だから、こんなに大切に育ててるんじゃないか」

話を逸《そ》らして、双子が散らかした遊び道具を片付け始める。

ヨシュはまるで我が子のように可愛《かわい》がっているが、双子はイツネとシュラヴィスの子だ。両親ともに鎮圧作戦で忙しく、なかなか帰ってくることができない。だからヨシュが都に残り、子守りをしているのだった。

「散らかってるね……」

イツネはヨシュをあまり見ないようにしながら居間の片付けを始めた。そのうち床に放置されていた紙を見つける。二枚あるうちの一方はくしゃくしゃだ。ヨシュに訊《き》く。

「何これ。いもむし迷路？」

「うん。今日二人に解かせてたんだ」

「え、もうこんなのができるの？」

「そうだよ。読めない単語も、二人で絵本を見ながら解読したみたい」

ヨシュは絨毯《じゆうたん》の上で開きっぱなしになっている絵本を見せた。子供が読んで楽しみながら言葉を学べるように設計されたものだ。シュラヴィスがいつだか図書館から勝手に持ち出してきた。彼が小さいころによく読んでいたものなのだという。

双子がほぼ同時にパズルを解き終えたのは、二人で一緒に解いていたからだろう。競っていたのは解答用紙をヨシュのところへ持ってくるときだけ。てっきり二人で互いに邪魔し合いながら解くものだと思っていたヨシュは、それを知って反省したのだった。

「へえ、もう本も読めるんだ。さすがあいつの子だね」

「シュラヴィスは関係ない。迷路も本も、俺の教育の賜物《たまもの》だよ」

「まあねえ。そういえばヨシュ、昔は本ばっかり読んでたし、なんなら本の隅にこういう落書きしてたもんな」

イツネはくしゃくしゃになった解答用紙の皺《しわ》を大事そうに伸ばした。

少し恥ずかしくなって、ヨシュは話を逸《そ》らす。

「でも確かに、二人の成長は目覚ましいと思う。きっと優秀な子になるよ」

「それは親バカの意見じゃなくて？」

「そもそも親じゃないんだけど。贔屓目《ひいきめ》に見てるわけじゃなくて、本当にね」

「ふうん、そっか、優秀か……」

イツネは嬉《うれ》しそうに目を細めた。

平和な寝顔を遠巻きに眺めながら、彼女は小さき我が子の行く末に思いを馳《は》せる。

龍族《ラチエルテ》と魔法使いの婚姻は、過去に全く例がないわけではなかった。

一方的に人を殺す力をもつ魔法使いと、その魔法使いを打ち破る力をもつ龍族《ラチエルテ》。

二者の間に生まれる子は、両方の力を兼ね備えるわけではなく、片方だけ受け継ぐわけでもなく、打ち消し合って何の力ももたないことが知られている。

マリーとシルトは、魔法使いでもなければ、龍族《ラチエルテ》でもない。ごく普通の人間だ。

結婚する前に、シュラヴィスはそのことをイツネに確認した。

混迷の時代はまだしばらく続くだろう。そのさなかに生まれるかもしれない我が子が魔法も龍の肉体ももちあわせていなくて本当に大丈夫か――と。

イツネの返事は決まっていた。シュラヴィスも同意見だった。

これっきりでいい。自分たちの代で終わりにしたい。

絶対の神の血というまやかしも、そのまやかしを力で打ち破る龍の血も、子供たちには引き継がせたくない――それが二人の共通認識だった。

子供たちが大きな力を背負うことなく活躍できる時代を、自分たちが創るのだ。

殺し合いまで経験した二人だからこその想《おも》いであり、覚悟だった。

「あの子たちが寝てる間に、夕飯食べちゃおっか」

一通り片付けが終わり、イツネが言った。

「姉さんが帰ってくると思って、多めに作っておいたよ。シチュー」

「シュラヴィスの分は？」

「ないよ。どうせ遅くなるんだろうし。庭の草でも食べればいいんじゃない」

「そうだね。二人で食べようか」

ヨシュがシチューを温め直していると、いいにおいが充満したからだろうか、居間の方から騒ぎ声が聞こえてきた。イツネがやれやれとあやしにいく。

長い昼寝を経て体力が全回復してしまった双子。その晩は、彼らの面倒を見ながらの、賑《にぎ》やかすぎると言っていいほどの団欒《だんらん》になった。

シュラヴィスは、双子どころかイツネまで寝てしまった深夜に帰ってきた。

ヨシュはソファで眠い目を擦りながら本を読み、起きていた。義兄《ぎけい》に文句を言うためだ。

「ようやく帰ってきた。育児放棄野郎」

「すまない。またすべてやらせてしまったな」

そう言うシュラヴィスは明らかに疲れていて、夕飯を食べる気力もないようだった。

ブランデーの瓶を取り出して二つのグラスに少しずつ注ぐと、片方をヨシュに差し出す。もう一方を一気に飲み干してから、シュラヴィスはヨシュの向かいのソファにどさりと腰を下ろした。空になったグラスに、二杯目を多めに注ぐ。

ヨシュはグラスに少しだけ口をつけると、また本に視線を戻した。物語は佳境だった。

「マリーとシルトは元気にしていたか」

いつも通りのシュラヴィスの問いに、ヨシュはわざとらしくため息をつく。

「元気すぎて、こっちがもたないくらいだよ」

「そうか……さぞ大変だっただろう。恩に着る。ありがとう」

謝罪に加えて礼まで言われてしまい、ヨシュは言葉に迷った。文句を言いたいことは山ほどあったが、文句を言われようとしている本人が、一番そのことを自覚しているのだった。

「たまには父親らしいことをする時間も取らなければいけないな」

独り言のように、シュラヴィスは呟《つぶや》いた。ヨシュは本から目を上げずに反応する。

「たまに帰ってきて父親面しても、子供たちは愛してくれないよ」

「だろうな」

「最近はマリーもシルトも、俺のことをパパって呼び始めてるんだ」

さすがにショックだったのか、シュラヴィスは口に運ぼうとしていたブランデーを宙で止めた。サイドテーブルにいったんグラスを置いてから、力が抜けたように笑う。

「否定してくれなかったのか」

「馬鹿じゃないの？　本当の父親が自分で否定しなよ」

ヨシュはソファから起き上がってキッチンへ行く。余ったシチューの上に残り物のチーズをたっぷりかけたものが置いてある。シチューは双子の食べ残しだが、せいぜい庭の草がふさわしい男にはこれでも十分な贅沢《ぜいたく》だろう。

スプーンを添えて黙って渡すと、シュラヴィスは重ね重ね礼を言った。

かつて人を爆殺するのに使った魔法でシチューを温め、指先に灯《とも》した炎でチーズを炙《あぶ》る。

昼食も夕食も口にしていないシュラヴィスに、味の濃い夜食は染《し》みた。

「……平和になれば、ここで過ごせる時間も増えていくだろう」

言い訳めいたシュラヴィスの言葉を聞いて、ヨシュはやれやれと肩をすくめる。

「それまでに、二人は父親なんか必要なくなってるかもね」

「急がなければならないな」

自分の使命を投げ出す気はないようだった。ヨシュは問う。

「シュラヴィスにとっては、国と子供、どっちが大事なの」

責めるつもりはなく、ただ単純に、確認したかった。

シュラヴィスはあっという間にシチューを平らげて、ブランデーを一口煽《あお》ってから、ゆっくりと口を開く。

「俺には重い責任がある」

ヨシュは次の言葉を待った。

「……最強の魔法使いとして、世界をよりよい場所にする責任がな」

ため息が出た。

「あのさ、その最強とか最巧《さいこう》とかいうの、本当にかっこ悪いからやめた方がいいよ」

思わぬ点を指摘されて、シュラヴィスは目を見開く。

「そう……なのか？」

「うん。自覚なかった？」

「……ヨシュがそう言うなら、やめることにしよう」

さらにブランデーを注ぎながら、シュラヴィスは続ける。

「これは言い訳に聞こえるかもしれないし、子供たちにとって知ったことではないのは承知のうえだ。……しかし俺の行為はすべて、最終的には、何より大切な子供たちのためなのだ」

そんなことを言うだろうとヨシュは思っていた。

三年前、ヨシュとシュラヴィスは、剣も魔法もなしに成り立っているという国を目撃していた。いずれはあのような平和を目指さなければならないと、そこで誓い合ったのだった。

シュラヴィスは自分に言い聞かせるように繰り返す。

「俺には重い責任がある。我が子や愛する者たちの子、そして彼らの子々孫々が、力や権威に頼らずとも輝ける――小さき者たちの世界を実現する責任が」

あまりにも壮大で仰々《ぎょうぎょう》しい言葉に、ヨシュは苦笑いした。

これを本気で言ってしまうのだから、やはりシュラヴィスには敵《かな》わない。

さすが姉さんの惚《ほ》れた男だ。父親失格ではあるが。

「ああそうだ、言い忘れていた」

突然、シュラヴィスはふと思い出したように言った。

「この前、プランスベートで、一瞬だけケントと顔を合わせた」

「……ケントって、元イノシシの？」

「ああ。ニッポンに行ったとき、俺たちを案内してくれたケントだ」

ヨシュはしばらくその意味が呑《の》み込《こ》めなかった。

「え、またあっちと繋《つな》がったってこと？　今はどこに？　もう帰っちゃったの？」

「もう戻ってしまったそうだ。あまり長居はできないと言っていた」

「なんだよ。帰りに挨拶くらいしていけばよかったのに」

「一番会いたかった人との時間を優先したんだろう」

「……ああ」

こちらの人間で鎖《くさり》の回廊《かいろう》を通るのに成功したのは、ジェスを除けばシュラヴィスとヨシュだけだった。三年前、二人は向こうで人の姿をしたケントに会っている。だがヌリスはあちらに行かなかった。時間がないのだったら、ケントがヌリスを優先するのは当然のことだ。

そう、三年前。

あのおかしな冒険のことを、ヨシュは懐《なつ》かしく思い出す。再び繋《つな》がってしまった世界。かつての仲間との再会。摩天楼《まてんろう》のそびえる異国。失われた楔《くさび》――

「結局さ、あれって何だったんだろうね」

ヨシュの呟《つぶや》きに、シュラヴィスは首を傾《かし》げる。

「あれ、とは？」

「鎖《くさり》の回廊《かいろう》、だっけ。超越臨界《スペルクリツカ》を収束させるとき、きちんと断ち切ったはずなんでしょ。どうしてあっちとこっちがまた繋《つな》がったんだろうと思ってさ」

四年前、二つの世界は完全に断ち切られてしまったはずだった。

すべてはあの時点で終わるはずだった。

しかし終わらなかった。

三年前、キルトリの農場で一つの穴が見つかった。それは異世界と繋《つな》がっていた。通った者は一様に、不気味な暗闇の中でひたすら鎖を手繰《たぐ》ったと口にする。

その通路は「鎖《くさり》の回廊《かいろう》」と名付けられた。

二つの世界は再び繋《つな》がった。その接続はどうやら今もかろうじて続いているらしい。

どうしてそんなことが起こってしまったのか、誰もはっきりとは知らないまま。

シュラヴィスは難しい顔でグラスを置き、腕を組む。

「原因と責任をきちんと分けて考えることを前提とするならば——」

そんな前置きをして、続ける。

「あのままで終わりにしたくないと、そう強く願う人がいた。これは一因だろう」

誰のことを言っているのか、ヨシュにはすぐに分かった。シュラヴィスが記憶を奪わなかった人。想《おも》い人《びと》と引き離された痛みを、一年間、片時も忘れなかった人。

真っ先にあちらの世界へ行ってしまった人。

「でもそんなに都合よくいくものかな。願ったから叶《かな》いましたって？」

「もちろん詳しい仕組みは分かっていない。もう一人の少女のこともあったし、鎖《くさり》の回廊《かいろう》を通る方法も、意味ありげで不可解だった。本当のところは誰にも分からないのだろう。ともすれば、俺がヴァティス様から聞いた話がそもそも間違っていた可能性だってある」

「そっか。まあいいんだけどさ」

ヨシュはあくびをしながら考える。

それはきっと、ボロボロの船に乗りながら、どうして足元が濡《ぬ》れているのか考えるようなものなのだろう。きっと船底に小さな穴が見つかるはずだ。そこから水が漏れている。しかし、いつどこでその穴が開いたかを考えたって仕方がない。まして、誰が開けたかなんて。

「大切なのは、あれで終わらなかったという結果のみだ」

ヨシュの考えを汲《く》んだかのように、シュラヴィスは言った。

「鎖《くさり》の回廊《かいろう》ができて、あちらの世界に楔《くさび》が渡ってしまった。それは事実だ。しかしその原因や責任を誰か個人に求めてはならないし、未来永劫《えいごう》、求めることがあってはなるまい」

いかにも役人みたいな言い方をするようになったな、とヨシュは感じた。背負っているものの重さが、きっとそうさせるのだろう。

シュラヴィスはいつになく真剣に語る。

「世界の壁はもとより崩れる運命にあったのだろう。世界に対して、人はあまりにも小さい。人間一人の力で崩れる壁など、風前《ふうぜん》の灯火《ともしび》のようなものだ。ジェスはたまたまそこにいて、一緒にいたい人と一緒になっただけだ。誰もジェスを責めてはならない」

その口上に、ヨシュはある人物を思い出す。例の豚野郎も同じことを言っていたのだ。

ジェスを守るために奔走し、一度は彼女をシュラヴィスに託そうとさえした男。彼から受け継いだその炎は、今もシュラヴィスの中で衰えることなく燃えているようだった。

「ねえ、ちょっと思ったんだけどさ」

とヨシュの口が自然に動いていた。酒のせいかもしれなかった。

「もしかしてシュラヴィス、ジェスのことが好きだったんじゃない？」

動揺するものとばかり思っていたが、シュラヴィスは意外にも寂しそうに微笑《ほほえ》む。

「お前の姉の前でだけは、そのことを口にするなよ」

ヨシュはしばし絶句した。そして寝室まで響きそうな大声を上げる。

「あー！　言っちゃおう！　もう明日の朝に言う！」

「従妹《いとこ》だった。別に、我が物にしようと思ったわけではない。そのくらい許してくれないか」

「やだ。絶対に許さない！」

ムキになるヨシュに、シュラヴィスは肩を揺らして笑う。

「あの心に触れた者は誰だって好きになってしまう。ジェスはそういう人だった」

「違うね。ノットは一緒に旅をしたけど、見向きもしなかったっていうじゃないか」

シュラヴィスはどこか意味ありげに沈黙した。

「……なに、違うの？」

グラスの底をじっと見つめ、シュラヴィスは声を少し低くする。

「弁解ではないが……いつだか、あいつにまだ右脚があったとき、一度だけ話を聞いたことがある。あいつがジェスと出会った日の話を」

嘘《うそ》なのではないかと、ヨシュは疑う。

「ノットって、そんなこと話すような奴《やつ》だったっけ」

「かなり酔っていたようだ。夕飯ついでに飲んだ酒が効いたらしくてな。珍しく俺に、身の上話をしてくれたのだ」

確かにノットにはそういうところがある。

自分たちと出会う前の、ノットの話。ヨシュは思わず耳を傾けた。

「聞いているだろう。あいつの初恋の女性――殺されてしまったイースという少女は、ジェスの姉だった。あいつはジェスを一目見て、彼女のことを思い出してしまったらしい。夜、思わずジェスのところに行って、胸を借りて泣いたそうだ」

「なんだ、泣いただけじゃん。別に好きになったわけじゃないでしょ」

「そのときジェスは、ノットに言ったのだ――『たくさん泣いてください』と」

ヨシュは息を呑《の》む。

ノットは強い男だった。ずっとヨシュを守ってきたイツネよりも、はるかに強い男だった。そんな男に泣いていいと言えた人間が、はたしてどれほどいただろうか？

「ジェス自身は憶《おぼ》えていないようだったが、そんなことをノットに言ったのは、過去に二人だけ、イースとジェスだけだったそうだ。その夜の気持ちを、あいつが忘れたことはなかった」

「……ノットも、そうだったんだ」

ヨシュは思わず呟《つぶや》いた。

あれほど勇敢なノットでさえ、実のところ、弱くあれる場所を探していた。

しかし世界は、彼に偉大な英雄を求めた。威光を求めた。覇気を求めた。力を求めた。

今だってそうなのかもしれない。

泣いていいと言ってくれた人は、亡《な》き恋人と、その面影を残す一人の少女だけだった――

もしそうだったとすれば、縋《すが》ってしまったところで誰も文句は言えないだろう。

「ねえ待って、まさかそれ、セレスには言ってないよね」

「言うわけがないだろう」

即答してから、シュラヴィスは眉をひそめてヨシュを見る。

「しかし、ノットの件は見逃しておいて、なぜ俺のことは告げ口しようとするのだ」

「お前のことが気に入らないからに決まってるでしょ」

義弟《ぎてい》のあまりにまっすぐな答えを聞いて、シュラヴィスは大いに笑った。


夜は音もなく更《ふ》けていく。

ヨシュが離れに戻った後も、シュラヴィスは居間に残った。

早く寝た方がいいことは分かっている。しかしヨシュと話しているうちに懐《なつ》かしい気持ちが襲ってきて、このまま寝室へ行く気分にはならなかったのだ。

子供たちのために用意した本棚の、一番高い段――まだ彼らの手が届かないところに、シュラヴィスの大切な本がある。自らの手で記したものだ。

分厚い本だ。特別な染料でなめされた、決して色褪《いろあ》せない赤銅色《しゃくどういろ》の革の装丁。箔押《はくお》しの文字や装飾はなく、まっさらな無地の表紙の中に小さく「物語」とだけ打刻されている。

ページに綴《つづ》られているのは、世界にとってはあまりにも小さなこと。しかしシュラヴィスにとって、忘れられないほどに大きな出来事だ。

頭からパラパラめくっていくと、それだけで懐《なつ》かしい感情に揺さぶられる。半分を過ぎたあたりでぷつりと文字がなくなり、空白のページが延々と続く。

そして最後のページには、写真が貼り付けてある。

魔法でガラスに焼き付けたものではなく、あちらの技術で紙に焼き付けたものだ。銀塩写真と呼ばれているらしい。三年近く経《た》っても、撮影したときの色彩を美しく残している。燃やしたりしなければシュラヴィスが死ぬまではもつだろう、と彼は冗談交じりに言っていた。

彼――自分を友と呼び続けてくれた男。

写真を見ると当時のことが鮮明に思い返される。

三人が写っていた。右端には自分。そしてその左に二人。最悪のときにも、シュラヴィスを決して見捨てなかった二人だ。

堪《こら》えられなくなってページを戻す。膨大な空白のページ。また何か書く日が来るかもしれない、という彼なりの期待が、そこには込められていた。

書く日は来るだろうか、とシュラヴィスは窓から夜空を見上げる。

ケントのことは新たに書いておくべきだろう。ほんの一瞬だったとはいえ、久々の、異界の仲間との再会だったのだ。

そしてその先は——

つい、また最後のページに戻ってしまう。

世界は少しずつ遠ざかっているらしい。行き来するのは容易ではない。だがいつかまた必ず繋《つな》がるとシュラヴィスは信じていた。会いたい気持ちが募る。

あれから色々なことがあった。もう三年が経《た》つ。こちらは大きく変わっているし、向こうもきっと、同じくらい変わっていることだろう。

忙しくなって、こちらのことなど忘れているだろうか？　それでもいい。いつかまた思い出してくれればいい。いつの日か、また会うときが来ればそれでいい。

見せたいものがたくさんある。

聞きたいことがたくさんある。

語りたいことがたくさんある。

気が向いたら、いつでも会いにきていいのだ。さらなる冒険への準備はできている。

年老いたとしても、衰えたとしても、古き友人を迎え入れる準備はいつだってしておこう。

また会ったときには、馬鹿な話を飽きるほどしよう。行きたいところへ一緒に行こう。

よい方向に動き始めたこの世界をぜひとも見せたいのだ。

争いがなくなり、小さき者たちが活躍する世界を――

窓の外に一筋の流星が光る。

寝酒のせいだろうか、シュラヴィスは思わず、写真に向かって語りかけていた。

「俺たちは、ちゃんとこの世界で生きている」

当たり前のこと。だが言わなければならない気がしたのだ。

白いページを優しく撫《な》でてから、シュラヴィスはゆっくりと本を閉じた。紙の間から空気が抜けて、ぽふりと柔らかな音を立てる。

枕を叩《たた》いて整えるようなその優しい音が、シュラヴィスは小さいころから大好きだった。

Heat the pig liver

第三章

道は果てなく伸びている

the story of
a man turned into
a pig.

One year later

あれから一年

最後の章を始める前に、少しだけ、気持ち程度に回想しておきたい。

気は進まないが、この件を語らないことには満足に筆をおくこともできないと思うのだ。

ジェスがこちらの世界に来たときのこと。

再会した後、俺たちがどんな言葉を交わしたかということ。

当時のやりとりを詳細に思い出すことはしたくないし、できない気さえする。

しかしながら、この物語はやはり、そこを避けては通れないはずだ。

俺たちの旅路は、出会いによって始まり、別れによって終わり――

そしてなお、再会によって続いていくものなのだろうから。

だから俺は思い出す。

ジェスが俺の部屋を訪れた、あの強烈な晩に起こった出来事を。


それは懐《なつ》かしい白色だった。

毎日のように見ていたのだから間違えるはずもない。確かにジェスの下着だ。

あの夜、俺の部屋の扉を開けたのは紛れもなくジェスだった。

下着で人を判別しないでくださいーーかつてのようにそんなツッコミを入れてくれたらよかったのだが、ジェスはあくまで無言だった。

深夜。開け放たれた玄関のドアから冷たい風が吹き込んでくる。恐ろしいほどの沈黙が俺たちの間に横たわっている。

ジェスは何も言わずにこちらへ一歩踏み出した。

重い静寂が、扉の閉まる低い音によってぷつりと中断される。ジェスは少しも手を動かしていないのに、がちゃりと鍵がかかった。立て続けにU字ロックの起きる音。部屋の奥からも異音が響く。住人の俺には、それがあらゆる窓の施錠《せじょう》される音だということが分かった。

扉が閉まると玄関は暗くなる。光源は、カーテンの隙間から差し込む街明かりや、室内の電子機器が発する微《かす》かな光のみ。ジェスの顔は暗くてよく見えない。

ホラーだった。相手がジェスと分かっていなかったら、その場でちびっていたところだ。

「……ンゴ」

しゃべろうとして、口がきけなくなっていることに気付く。懐《なつ》かしい感覚。

俺は豚になっていた。

意味不明だ。何が起きているのかも分からない。説明を求めて目の前のジェスを見上げる。

無言。そして動かない。しかしながら、こちらが怯《ひる》んでしまうくらいの圧を感じた。

〈ジェス……なんだよな？〉

かつてのように括弧書きで思考してみるが、反応はない。

夢なのか？　――そんな考えがふと脳裏をよぎる。とても現実とは思えなかった。今生の別れのつもりで異世界に置いてきた最愛の人が、突然こちらに姿を現したというのだ。

そうか。これは夢なのか。

毎晩のように絶望をもたらし枕を濡《ぬ》らすあの素晴らしい悪夢が、手を替えて襲ってきた。

きっとそれだけの話なのだろう。

ジェスは――大好きだった人は、あちらの世界で違う人生を送っているのだから。

早く目を覚ましてしまおうと首を振る。

「…………っ」

微《かす》かに洟《はな》を啜《すす》る音が聞こえてきたのはそのときだった。

耳慣れた音。ジェスを何度も泣かせてしまったからこそ耳に焼き付いてしまった音だ。

それを聞いて、俺の目もたちまち潤んでくる。暗闇が滲《にじ》んでさらに見えなくなる。

「豚……さん…………」

か細く弱々しい声に続いて、激しくしゃくりあげる声が聞こえてくる。

そこからはもう怒涛《どとう》のようだった。

堰《せき》が切れたように互いの感情が噴出し、嵐は日の出まで続いた。

具体的にどんなやりとりをしたのか文字に起こしたところで、きっとオタクのオフ会よりも支離滅裂になってしまうことだろう。俺たちは再会を喜ぶどころではなく、情緒も言葉もぐちゃぐちゃのまま、互いに剝《む》き出《だ》しの感情をぶつけ合うことになった。正直言って、どうしてそんなことになってしまったのか後から考えてみても分からないくらいだ。

客観的に正しい判断をしたであろう者を感情で悪く言うのが難しいのと同じくらい、もっともであろう感情を抱く者に相反する正当性を押し付けるのは難しい。

理屈で片付けられないもの同士が衝突したからこそ、余波が収束することはなかった。

ジェスは怒っていた。自分を置き去りにし、さらには大切な記憶まで消させようとした俺のことが、決して許せないようだった。

一方で俺は、他に道がなかったということで納得してもらえないことに耐えられなかった。

俺だって、できることなら一緒にいたかったに決まっているじゃないか――。

単にできなかっただけなのだ。俺は世界を変えてしまう英雄ではない。

ジェスの感情が間違っていないことを俺は知っていたし、俺の決断が間違いではなかったことをジェスは知っていたはずだ。しかし、その感情と決断とが決して相容《あいい》れないものだったから、俺たちはその狭間《はざま》で訳の分からない口論を展開することになってしまったのだった。

「ずっと一緒にいるって、約束してくださったのに――」

〈それができないから俺はこうして――〉

そんな嚙《か》み合《あ》わない応酬を、何通りにも言葉を変えて繰り返すことになった。

やがて話はどんどん遡っていき、ジェスが霊術の代償を隠していたのが悪いだとか、俺が崖から身を投げてしまったのがそもそもの原因だとか、そんな口論にまで発展した。

お互いひどいことをたくさん言い合ってしまったが、泣いたり怒ったりしている間に消耗して――気付けば俺たちは、同じベッドの上で眠っていた。

俺が目を覚ましたのは、もう昼になろうかというころだった。耳元で呟《つぶや》かれた、ジェスの小さな寝言がきっかけだったと思う。

起きると、ジェスの腕が俺をきつく締め付けていた。身動きが取れず、ミミガーをハムハムと食べられそうになっているのに逃げることもできない。ジェスはぐっすり眠っているので、俺がいくら心の声で呼びかけても届かなかった。

「ンゴ！」

俺が豚の鳴き声を出すとようやく、ジェスはのんびりと目を覚ました。

「あれ、豚さん……おはようございます」

むにゃむにゃと、どこかのんびりとした声で言いながら、ジェスは一つあくびをした。

〈ジェス……〉

いつもの調子に戻っているらしいのを知り、俺はほっとした。

「………！」

地の文を読んだのか、ジェスはぴくりと小さく跳ねて俺から離れる。

「わ、私、豚さんを許したわけではありませんから！　まだとっても怒っていますので」

〈涎《よだれ》が垂れてるぞ〉

指摘すると、ジェスは慌てて口を拭った。

さっきまで耳をハムハムと甘噛《あまが》みしていた口で怒っていると言われても、説得力がない。

「ハ、ハムを食べる夢を見ていただけです！　豚さんだって、お背中で私の胸をぐりぐりと刺激されていましたよ。変態さんですね」

身に覚えがなかった。そもそもジェスには豚の鈍感な背中で感知できるほどのものはない。

〈嘘《うそ》だな。そんなことはしてない。夢にだって、おっぱいのおの字も出てこなかったぞ。素晴らしく広大なヒマワリ畑にいる夢だった〉

ヒマワリと聞いて、ジェスはなぜか胸を庇《かば》うように腕を組んだ。不機嫌そうな目でじっと見つめられる。怒りの炎にヒマワリ油を注いでしまったらしい。ジェスは何かヒマワリにまつわる嫌な思い出があるのだろうか——などと、このときの俺は無邪気に思っていた。

俺はベッドから下り、廊下の姿見と対面した。

見慣れた姿。可愛《かわい》らしいピンク色の豚がこちらを見つめ返してくる。

俺が首を捻《ひね》ると、豚も首を捻《ひね》った。

豚の右の首筋には見覚えのある痣《あざ》がついている。豚になっても結局、このキスマークは取れないらしい。俺がキスマークを気にする様子を、ジェスはどこか満足げに見ていた。

〈なあ、これはどうやったら取れるんだ。毎朝隠さなきゃいけなくて大変だったんだぞ〉

「それなら、一生消えませんよ」

言われたことを、すぐには呑《の》み込《こ》めなかった。

〈一生って——死ぬまでってことか〉

「死んでも消えません」

啞然《あぜん》とする俺を見て、ジェスは穏やかに説明する。

「それは、私を置いていこうとした豚さんへの、私からの贈り物——地の果てでも、時の果てでも、冥界の果てでも、どこへ逃げでもいつか必ず私が豚さんを見つけられるようにするための、消えることのない呪いなんです」

これ以上のことを聞くのは控えた方がいいと思い、俺はそこで質問をやめた。

思えばこの、どこまでも目標を追い続けるジェスの執念が、千里視《せんりし》という探求の異能へ繋《つな》がったのかもしれない。

相変わらず微妙に気まずい空気だったが、ひと眠りしたことで冷静な会話が成立するようになっていた。昨晩は本当にひどかった。様々な再会の形を夢想することはあっても、あそこまで荒れてしまうとは自分でも全く予想できなかった。

ジェスもよっぽどだった。本当に謝る気があるなら足を舐《な》めてみろこのM豚野郎とか、そんなことを言われた気さえする。

「い、言ってません……！」

相変わらず地の文にツッコミが入る。

「……いえ、似たような意味のことは言ってしまったかもしれませんが」

〈言ってたな〉

もちろん俺の地の文は多少の脚色を含んだものではあった。だがジェスがそれに類することを言って靴下を脱いだところまでは本当の話だ。そして俺が本気で足を舐《な》めようとしたら、ジェスは「汚いですから！」と慌てて止めてきたのだった。

いったい俺たちは何をしていたのだろう。

素直に再会を喜べばいいはずなのに、何かが俺たちをそうさせなかった。

何よりも大切な人との離別に死ぬほどつらい思いで折り合いをつけてきたのに、一年経《た》ってその人がぽんと目の前に現れてしまったら、どうやらこういうことになってしまうらしい。どんな顔をしたらいいのか全く分からなくなってしまうのだ。

気持ちの整理もつかないままぐずぐずしていると、ジェスの方からじゃらりと鈍い音が聞こえてきた。見れば、その手にはやたらと頑丈そうな鎖が握られている。

〈……何だ、それ〉

「鎖です」

〈それは見れば分かるんだが……何に使うんだ〉

鎖の一端には、これまた頑丈そうなハーネスがあった。そして鎖の用途に気付く。俺は逃げる間もなくジェスに捕まって、そのハーネスを装着させられてしまった。

〈何をするんだ!〉

「これで豚さんは、もう私から逃げられなくなりましたね」

今までで一番穏やかな笑顔なのが怖かった。

〈別に、逃げたりしないさ〉

「豚さんはいつもそう言いながら、私のところからいなくなってしまいます」

そう指摘されてしまうと言葉がない。

〈でも……ジェスは俺を見つけられるんだろう。ここまでしなくても……〉

「いいじゃありませんか。豚さんはもう、私がいないと生きていけないんですし」

ジェスに撫《な》でられる。久しぶりの感触に気持ちよくなり、目を閉じそうになるが――抗《あらが》う。

〈……豚だって、なんとか生きていけるさ。道端のタンポポでも食べてな〉

つい言い返してしまった。俺を撫《な》でていたジェスの手が止まる。

「そうですか」

さすがに失言だった。ジェスが急に立ち上がって、鎖がじゃらじゃらと床に落ちた。

「分かりました。そんなことをおっしゃるのなら、私、もう帰っちゃいますから!」

ジェスはぷんすこと頬を膨らませ、すたすたと部屋から出ていってしまった。

続いてばごーん！　と玄関のドアが開け放たれる音。

それきり、ジェスが動く気配はなかった。

俺は鎖をじゃらじゃら引きずりながら、やれやれと玄関まで行く。ジェスはこちらに背を向けて立っていた。扉を開けた体勢のまま、外の景色を呆然《ぼうぜん》と眺めているようだった。

そこはコンクリートのビルとアスファルトの地面に覆われた国。

ジェスにとっては見たこともない異世界のはずだ。

びいぃ、とどこかで喧《やかま》しいクラクションが鳴り、ジェスは我に返ったようだ。

むすっとした顔のまま振り返ってくる。

「………………」

〈どうした〉

「ここはどこですか」

〈太陽系の第三惑星、地球という星にある日本という国の、東京という都市だ〉

「トキヨ……」

ジェスはしばらく考えてから、言う。

「メステリアには、どうやって帰ればいいんですか」

〈こっちが知りたいくらいだ〉

「………………」

ジェスは固まっていた。帰ろうにも、方法が分からないらしい。

〈というかむしろ、ジェスはどうやってここまで来たんだ？〉

「知りません。とにかく夢中で歩いてきたんです」

〈歩いてきたのか……？〉

「ええ。馬車のようなものに轢《ひ》かれかけて、大変だったんですから」

聞いてみれば、ジェスは鎖の張られた謎の穴を通ってこちらの世界へ来ると、「二本の鉄が敷かれた道の途中にあるステージ」を出て、「高速で行き交う馬車」に何度も轢《ひ》かれそうになりながら、深夜の東京を歩いて俺の家までやってきたらしい。

俺は現代日本の交通システムについて説明し、そして信号が青なら道を渡ってもよくて赤なら渡ってはいけない、ということを教えた。

ジェスはむくれた顔をしながらもきちんと耳を傾けた。

〈……なあジェス〉

「はい」

〈ひょっとすると、ジェスも俺がいないと生きていけないんじゃないか〉

俺の言葉に、ジェスは顔を赤くして反論する。

「わ、私は別に大丈夫です。魔法がありますから！　何でもできますので！」

〈何でも？〉

「ええ、何でも。しんごうだって、一人で渡れます！」

ちょうどそのとき、アパートの前の道路を救急車が通過していった。大きな音でサイレンを鳴らしていたものだから、ジェスはびっくりしてそちらを振り返る。

「今のは何ですか？」

〈救急車だ。病人や怪我人《けがにん》を治療しながら急いで病院まで運ぶ車だな〉

「どうしてあんなに大きな音を立てているんですか？」

〈他の車に道を譲ってもらうためだ。ちなみに知ってるか、信号が青でも、ああいう緊急車両が通る場合は道路を横断しないのがマナーなんだ〉

「……そう、なんですね」

ジェスは難しい顔をする。一人で信号を渡る自信がなくなってしまったのだろう。

しばらく考えてから、ジェスは予想外のことを口にする。

「豚さんのおっしゃるきゅうきゅうしゃ、来るときと去っていくときとで、違う音が鳴っているように聞こえました。私たちのところで切り替わったのでしょうか？　音の違いに、どういう意味があるんでしょう？」

気にするところがあまりにもジェスらしくて、微笑《ほほえ》ましい気持ちになる。

怒ることすら忘れている。きっと気になって仕方がなかったのだろう。

〈あれは元々の音が変わったわけじゃない。ドップラー効果といって、近寄ってくるものから発せられる音はその波が縮んで高くなり、逆に、去っていくものの場合は引き延ばされて低い音になる。それで音程が変わったように聞こえたんだ〉

「それでは、もし豚さんが走りながら——」

そこまで言いかけて、ジェスは口を噤《つぐ》む。

いつの間にか、自分が元の調子に戻ってしまったことに気付いたのだろう。

今度は静かに玄関の扉を閉め、俺と一緒に部屋へ戻った。ベッドに並んで腰掛ける。

しばらく互いにもじもじしてから、ようやくジェスが口を開いた。

「豚さん」

〈おう〉

「……一緒に暮らしてあげても、いいですよ」

〈そ、そうか〉

しばしの沈黙。気まずい俺は言葉を継ぐ。

〈……俺も、ジェスが一緒に暮らしてくれると、かなり助かるかもしれない〉

「そうですか」

再び沈黙。テレビでもつけたいくらいだった。

またしばらくもじもじしてから、今度は俺が、ようやく本心を告げる。

〈ともかく……ジェス、また会えてよかった〉

「ええ……よかったです」

ジェスの細い指で撫《な》でられながら、思い出す。

今も湿っている枕を見て――涎《よだれ》ではなくきっと涙で濡《ぬ》れてしまったのだろう生地を見て、俺は最後の覚悟を決めた。

俺を起こした寝言で、ジェスはこうこぼしていたのだ。

「どこにも行かないで」――と。

俺にはその願いを叶《かな》える義務があった。だからジェスに伝える。

〈ジェス。俺はもう、今度こそ本当に、どこにも行かない〉

「……はい」

こうしてようやく、ジェスと俺はいったん国交正常化したのであった。豚と少女、二人で手探りしながらのラブコメ同居生活がここから始まる。

今さらではあるが……思えばこのときから、楔《くさび》を巡る一悶着《ひともんちゃく》の兆候はあったのだ。

今度こそ失敗するまいと、俺たちは準備万端で挑むことにした。

弘前《ひろさき》で楔《くさび》が失われているのに気付いたおよそ半月後、俺たちは、今度は鎌倉《かまくら》で二度目の苦杯を喫していた。

ジェスの千里視《せんりし》が発生した直後に連絡を取り合って、翌日は平日だったにもかかわらず、ひろぽんやケントまで駆けつけてくれた。始発で北鎌倉《きたかまくら》へと向かい、四人で急ぎ楔《くさび》を探した。

しかし、例の洞窟を見つけたときにはすでに、楔《くさび》は失われていた。

何者かによって持ち去られていたのだ。一二八個の楔《くさび》のうち、二つは俺たちの手に、そして二つは俺たち以外の誰かの手に渡ってしまった。

そして誰かの手に渡ってしまった楔《くさび》は、ジェスの千里視《せんりし》でも探すことができなかった。視《み》ようとしても、何か邪魔されるような感覚があるのだという。

鎌倉《かまくら》の現場にはまたしても車椅子の跡があった。つまり弘前《ひろさき》のときと同一の人物が関わっている可能性が高い。跡がついたばかりだったのも弘前《ひろさき》と同じ。それは俺たちが楔《くさび》に辿《たど》り着《つ》く直前に犯人が楔《くさび》を横取りしていったことを示していた。

犯人、もしくは犯人グループは、ジェスと似た能力を有し、俺たちよりも行動が早い。

だが今度こそ負けるわけにはいかなかった。

契約《けいやく》の楔《くさび》を手に入れるための作戦は、またしても早朝に開始した。

「ほうほう。とするとあっちが千代田区富士見《ちよだくふじみ》──ん？　どこかで見たことある住所ですね」

俺の頭を撫《な》でながら言うのはひろぽんだ。俺は自信満々で説明する。

〈ラノベの巻末とかに書いてあるかもしれないな。「富士見《ふじみ》」というのはその名の通り富士山《ふじさん》がよく見える場所という意味だ。ビルが建つ前は、この九段坂《くだんざか》の上から富士山《ふじさん》がよく見えたん

だろう――ってジェス、ちゃんと中継してくれてるか？〉

「あら。うっかりしていました」

やたら優しい微笑《ほほえ》みで俺を見てくるジェス。その手には相変わらず太い鎖が握られている。豚はしゃべることができない。ジェスの能力がなければ他の人との会話もままならない。ひろぽんが無反応だったのでもしやと思ったが、やはりジェスが機嫌を損ねて中継してくれなかったようだ。

今度こそジェスに中継してもらい、俺はひろぽんに地名の由来を説明し直した。

俺たち三人――厳密に言うと二人プラス一匹、さらに厳密に言えば勝手についてきた犬を足して二人プラス二匹――は、東京の九段下《くだんした》に来ていた。

皇居のすぐ近く。千代田区《ちよだく》の一等地である。

〈地形をおさらいすると、ここは皇居外苑《こうきょがいえん》の北の端にあたる。今は皇居として使われている江《え》戸城《どじょう》は、武蔵野台地《むさしのだいち》の東のキワに、低地との境目を上手《うま》く利用するようにして造られた。その東の台地と西の低地を結んでいるのが、この九段坂《くだんざか》というわけだな〉

「なるほど。九段下《くだんした》っていうのは九段坂《くだんざか》の下ってことなんですね。さすロリです！」

さすがはロリポさんです、の略である。

ひろぽんが俺と仲良く会話をしていると、ジェスの目は怪しい色に光ることがあった。ひろぽんもそれを分かったうえで、あえて豚の俺を撫《な》でたりしてくる。帰ってからが怖い。

　城郭の方に視線を移すと、上下二段になった大きな堀が見える。高い方が千鳥ヶ淵《ちどりがふち》で、低い方が牛ヶ淵《うしがふち》。二者の間をダムのような土手が隔てている。土手の上には通路があり、北の丸公《きたのまるこう》園《えん》への入口となる田安門《たやすもん》に繋《つな》がっていた。

「ここが目的地ということでいいんでしたね」

　犬にふとももを嗅がれまくっているというのに、ジェスの声はなぜか平坦《へいたん》だった。

〈ああ。条件も揃《そろ》ってるだろ。大きな高低差があって、そのすぐそばに水の流れがある。一つ目の「手掛かり」が、土手の辺りに見えるはずだ〉

　ジェスとひろぽんが、それぞれ目的のものを捜索する。

　漢字で方角が示された風見。それがまず、俺たちの見つけるべきものだった。

「あ、ありました！」

　先に声を上げたのはジェスだった。

「これですね、石積みの、塔のような」

「ほんとだ。さすジェスです！」

　さすがはジェスちゃんです、の略である。

　二人が見ているのは、九段坂《くだんざか》の途中、田安門《たやすもん》へと通じる土手の前に置かれた奇妙な石灯籠《いしどうろう》である。常燈明台《じょうとうみょうだい》と呼ばれる、この九段坂《くだんざか》のシンボルだ。明治初期に造られたものらしく文明開化の空気を色濃く反映している。下段の石積みは和風で上段の明かりを灯《とも》すところは洋風、という不思議な意匠になっているのだ。その頂上に備え付けられた矢の風見も、「ＮＳＥＷ」ではなく「東西南北」と漢字で記されているのが面白い。

「あの上の部分に明かりが灯《とも》るんでしょうか。なんだか灯台のようですね」

そちらを集中してじっと見つめながら、ジェスが指摘した。

〈こんなビルが建つ前は、坂の途中にあるこの常夜灯が東京湾からよく見えたんだ。実際、灯台としての役割も果たしていたらしいな〉

「ロリポさん、変なことに詳しいですよね」

〈重要なことはたいてい案内板に書いてあるんだ〉

「なるロリです」

もうそれは原形を留《とど》めていないが……。

ずっと同じ場所にいるのに飽きてきたのか、犬が今度はひろぽんのふとももを嗅ぎ始めた。スカートの場合は鼻先が隠れていたのでまだ絵面的に許容できたが、ひろぽんはジーンズなので、かなりいけない感じになっている。

「スカートの中でも、かなりいけない感じになっていたんですが……」

地の文を読んで、ジェスが不満げに呟《つぶや》いた。

犬は結局、弘前《ひろさき》から東京までついてきてしまった。俺たちに懐《なつ》いて、相変わらず女性相手に変態行為を繰り返している。ケントには見向きもしなかったあたり、本物だ。本物の変態ではあるが、その正体は結局分からないままである。今のところ、ただの可愛《かわい》いワンちゃんだ。

〈さあ、次に移っていいか〉

今回探すべきものは明確だった。今朝、事前にジェスが「視《み》た」のは、すべて簡単に特定できるものだ。今はその実物を順に見ていく、答え合わせのような時間だった。

「ロリポさん、次は何でしたっけ」

〈あれだ。六角星の〉

「そうでした。了解です」

常燈明台《じょうとうみょうだい》の辺りを注視しながら、地図を取り出して次の場所を確認する。目的地までは少し距離がある。歩くと少し時間がかかるだろう。しばらく雑談をして時間を潰すことにした。

今朝ジェスが二番目に「視《み》た」のは、「六つに尖《とが》った星が無数に刻まれた白い壁」――この辺りに住む科学好きの少年少女や一部のオタクならば、すぐその正体に思い当たるものだ。

「このお星様がある場所って、そんなに有名なものなんですか？」

ジェスの質問にひろぽんが答える。

「そうですね。科学技術に関する展示があるのはもちろんなんですが、なぜかよく声優関連のイベントもやってるところなんですよ。有名な映画のロケにも使われてたし、とにかく外壁が特徴的で……ほら」

田安門《たやすもん》から北《きた》の丸公園《まるこうえん》へと入り、さらに武道館《ぶどうかん》の前を通過して林の中を進んでいったところに、その「科学技術館《かがくぎじゅつかん》」は建っている。

星の形をした無数の穴が縦横に規則正しく並んだ白い壁。宇宙に散在する星をイメージしたデザインらしい。

ジェスは手元の星々をしばらくじっと見つめる。

また退屈したのか、犬がジェスのスカートの中に顔を突っ込んでフンフン言い始めた。大好きな絶対領域を嗅いでいるのだろう。ジェスは慣れてしまっているのでされるがままだ。

嬉《うれ》しそうに振り回される尻尾をぼんやり眺めていると、ひろぽんが言ってくる。

「そんなに羨ましいならロリポさんもすればいいのに。そのあいだ私、目を逸《そ》らしてますよ」

〈ば、馬鹿、羨ましいわけないだろ。ふとももに顔を埋《うず》めるなんてけしからんことだ〉

黙って星々を見ているジェスの横で、ひろぽんがニヤリと笑う。

「あれ、ロリポさん、こんな可愛《かわい》い子とお付き合いしてるのに、まだふとももに顔を埋《うず》めたこともないんです？　女の子のふとももって、柔らかくてとっても気持ちがいいんですよ」

ジェスは無反応だったが、周囲の気温がさっと下がったような気がした。

〈あ、当たり前だろ！　そもそもまだ正式に付き合っているわけではないし……それにこの国でそんなことをしたら条例違反になる。ジェスはまだ一七歳で……〉

「へー。まだ付き合ってないんですって。ジェスちゃん、今の聞きました？」

〈おい待て、誤解だ、誤解というか語弊だ、付き合っていないというかメステリアでは文化的

に付き合うという状態が曖昧で、そういうのはなんとなくぬるっと——〉

という俺の主張は届かなかったらしい。ジェスが中継を切ってしまったのだ。

むっとした顔がこちらを見てくる。

「私たち、お付き合いしていなかったんですか？」

〈いや違うんだ、それは……〉

何なんだこのラブコメみたいな展開は。弁明すればするほど泥沼に嵌《は》まっていく気がする。

豚の声で咳払《せきばら》いをし、俺はジェスに指令を伝える。

〈よし！　最後だ。次は滝を見よう〉

今日の目的は色恋談義ではない。俺たちは、契約《けいやく》の楔《くさび》を手に入れるという重大な使命を帯びてここに来ているのだ。特に今回は、気を散らしている場合ではなかった。

今朝ジェスが「視《み》た」ものの三つ目は、林の中を落ちる滝。滝というからには上から川か地下水が流れているはずなのに、滝の向こう側に開けた空が見える——そんな不思議な光景だ。

これも科学技術館《かがくぎじゅつかん》のある北《きた》の丸公園《まるこうえん》に存在する。少し調べたところ、ポンプで水を循環させて滝を実現しているとのことだった。

科学技術館《かがくぎじゅつかん》からは数分歩く場所にある。また余談が始まる。

「結局ロリポさんって、人間の姿でジェスちゃんに会ったことは一度もないんですよね」

〈そうだな……〉

話がまたややこしい方に転がる予感がして、俺はあまり乗り気になれなかった。

「ジェスちゃんはそれでいいんです？　相手が豚さんだと、したいこともできないでしょ」

「ええ。いいんです」

いつも通りの、天使のように優しい声だった。

「このお姿をしている限り、豚さんは、私なしには生きられませんから」

ひろぽんが目を丸くして俺たちを見てきた。

そういうことなんだ。よろしく頼む。

「ああ、そういえばいつだったかロリポさん、ヤンデレの妹に死ぬほど愛されたいって言ってましたもんね……」

配慮してくれたのか、ひろぽんは日本語で呟《つぶや》いた。

そろそろ滝を見るころか、と思っていたところ、ひろぽんが突然「あっ！」と声を上げた。

その指はある一ヶ所に向けられている。

急いで確認すると、そこには今日の〝目標〟が確かに見えた。

〈よし、楔《くさび》を手に入れにいくぞ〉

俺たちはすぐ部屋を出て、エレベーターで一階まで降りる。双眼鏡やタブレット端末は、邪魔になるので部屋に置いてきた。ビルから出ると、そのまま走って九段坂《くだんざか》を上る。

ひろぽんがケントに電話をかけた。

「ケントくん、二人が九段坂《くだんざか》の側に現れました！　まだそこで待機しててください！」

計画通りだった。

今回の作戦は、ジェスの千里視が盗まれているだろうことを逆手《さかて》に取ったものだった。

そう、犯人はジェスと同じ能力をもっていたのではなく、ジェスの見たものを盗んでいた。千里視《せんりし》は白昼夢に近い。その夢を盗める、夢泥棒がいたのだ。

千里視《せんりし》が盗まれて楔《くさび》を先取りされてしまったのであれば、嘘《うそ》の千里視《せんりし》を見せることで犯人をおびき寄せることもできるのではないか――そういう算段である。

これがきれいに嵌《は》まった。

明け方、ジェスに風見や六角星や滝の写真を見せ、その情景を千里視風《せんりしふう》に念じてもらった。夢泥棒はそれを見て必ず先回りしようとするだろう。俺たちは九段下《くだんした》にある高層ビルの一室で待機し、早朝からずっと、双眼鏡で北の丸公園《きたのまるこうえん》の入口を監視していたというわけだ。

肝心なのは俺たちが姿を隠していること。

間違っても、おびき寄せた相手に勘付かれないことだ。

相手は非常に用心深い。弘前《ひろさき》では楔《くさび》がないことに気付くまでその存在を全く察知できなかったし、鎌倉《かまくら》では注意していたにもかかわらずいつの間にか先回りされていた。

だからこそ、犯人を捕まえるためにはひと工夫する必要があった。

まるで俺たちが北の丸公園《きたのまるこうえん》に来ているかのように、ジェスには間隔を開けつつ千里視《せんりし》の確認を演じてもらった。夢泥棒はそれを盗み、俺たちが楔《くさび》を探していると勘違いして焦《あせ》るはずだ。

俺たちに見つからないよう注意しつつ、急ぎで北《きた》の丸公園《まるこうえん》へやってくる。

しかし実のところ、公園にいるはずの俺たちは、高層ビルの上から見張っているのだ。

そして遂《つい》に俺たちは、車椅子の少女とそれを押す男の姿を捉えた。

後は彼らを追い詰めて、捕まえるだけ。

この作戦を立案することができたのは、失われた記憶をジェスのおかげで取り戻すことに成功したからだった。

俺たちは大切なことをすっかり忘れていたのだ――

ジェスが突然現れた、あの嵐のような晩。

あのとき俺は、ジェスの他にもう一人、予想もしていなかった人物と再会していた。

「お豚さん」

懐《なつ》かしい声が――もう二度と耳にすることはないと思っていた声が聞こえてきて、俺は振り返ろうとする。しかし後ろから両頬肉を押さえられ、首が動かなかった。

「どうか、振り返ることはしないでください」

声の主は俺の真後ろに立っているようだ。豚の広い視野にもその姿は映らない。

眩《まぶ》い光にふと気付く。

いつの間にか、俺は満開のヒマワリ畑にいた。雲一つない空から燦々《さんさん》と注ぐ日差し。まっすぐ伸びる茎に青々と広がる葉。そしてそれ自身が太陽のように輝く、大きくて黄色い花。

「ブレース……だろ。どうして振り向いちゃいけないんだ」

俺の問いかけから少し間があった。

「とても、はしたない格好をしているのです。お豚さんには見せられません」

そう言われるとつい見たくなってしまうのが男というものだが、ここは我慢する。

……ん？

「ちょっと待て、こんなヒマワリ畑のど真ん中で、とてもはしたない格好をしているのか？」

「ええ……」

一つの違和感を契機に、次々と疑問が湧いてくる。

そもそもなぜ俺はヒマワリ畑などにいるのか。メステリアに還ったはずのブレースが、なぜはしたない格好で俺と会話をしているのか。ジェスはどこに行ったのか――

「これは、夢なのです」

俺の脳内で渦巻く疑問に、ブレースが答えてくれた。納得する。

「ああなるほどな。夢なのか」

「はい。だからお豚さんは目覚めたとき、ここで起きたことをすべて忘れています」

「そうなのか？　まあ確かに、夢っていうのは後から思い出せないことも多いが……」

断言されると少し寂しかった。もう二度と会うことはないと思っていた少女と、それが夢であったとしても、また話すことができたというのに……。

「一つだけご相談があって、お豚さんのところへ来ました。……よろしいですか？」

「あ、ああ、もちろんだ。俺だっていつだか、ブレースに相談に乗ってもらったからな」

あれは死の街ヘルデで過ごした晩のことだった。俺は夢の中でブレースと会い、二人きりなのをいいことに人生相談をもちかけた。日本に帰らなければいけないのは分かっているがジェスと別れたくない――そんな恥ずかしい内容だったと記憶している。

結局ブレースは答えをもっていなかった。ただ一つだけ、教えてくれた。

道に迷ったときは願い星を探せ、と。

俺は結局、俺にとっての願い星であるジェスに背を向けて歩くことになってしまったが。

後ろからがっちりと首を固定されている不自然な姿勢で、俺はブレースに訊《き》く。

「相談っていうのは何だ。豚にもできることか」

「ええ。もしもの話を、したいのです」

ブレースはそう前置きしてから、訊《き》いてくる。

「もしも私がニッポンに戻ったら――ヒロコはどう思うでしょうか」

相談と言うから身構えてしまったが、そんなことか、とほっとする。

「どうって……そりゃ、喜ぶに決まってるだろう」

「本当にそう思われますか」

「ああ。もともとひろぽんは、なんというか、ちょっと闇が深そうな感じの人だったんだ。でもブレースの意識が妹さんの身体《からだ》に宿ってからは、すごく明るくて、なんだか活《い》き活《い》きしているように見えた」

夢の中、あの喫茶店で会っていたとき、ひろぽんはとても楽しそうだった。妹が病気で植物状態となってしまい、それまでかなり塞ぎ込んでいたにもかかわらず。

ブレースの異世界転移という奇跡によって、彼女は変わったのだ。

こちらを去りメステリアへ還《かえ》るとき、ブレースは自分にまつわるひろぽんの記憶を消してしまった。それでもひろぽんは、俺たちをスタンガンで送り出したときよりずっと明るい。

「今もあいつは元気にしている。ブレースのおかげだ」

「そう、でしょうか……」

その言い方にはどこか陰があった。

なぜこんなもしもの話をするのかも気になったが、それよりも、何がブレースを悩ませているのかが気にかかった。

「もしかするとブレースは、ひろぽんがブレースのことをよく思わないと考えてるのか？」

しばらくしてから、頷《うなず》くような揺れが彼女の手を通して伝わってくる。

「そうです。なぜなら──なぜなら、私は決して、ヒロコの妹にはなれないからです」

「まあ、それはそうだろうが……」

よく分からなかった。そんなのは当たり前のことだ。

ジェスがどんなに愛《いと》しくたって、ジェスは俺の妹にはなれない。

「お豚さんは、妹がお好きだと聞きました」

ん……？　ちょっと待て。

「いや、俺に妹はいないぞ」

「でもお好きなのでしょう。ヒロコが詳しく説明してくれました。お豚さんに妹はいないけれども、お豚さんは妹という概念が大好きだ、ということを」

あいつまた余計なことを……。

「そんなことはない。意味不明だ。それじゃあまるで変態じゃないか」

「お兄様」

「ブヒッ！」

咄嗟《とっさ》に身体《からだ》が反応してしまった。ままならないものだ。

「お兄様に、自慢の妹さんがいたとしましょう。胸がとても大きくて、可愛《かわい》い妹さんです」

「いや、胸はできれば控えめな方が──」

「そんな妹さんが、ご病気で、植物状態になってしまいました。ずっと回復を祈っていたところ——その妹さんの身体《からだ》に、知らない世界から来た知らない女の魂が宿ってしまいます。お兄様はどう思われますか？」

ブレースの言いたいことが、ようやく分かった。

「俺は……もし俺だったら、確かに、そうだな、複雑な気持ちになりそうだ」

これまでは単純に、ひろぽんがブレースとの出会いで元気になったとだけ思っていた。

しかし実際に起こったことはもっと複雑だ。ブレースの魂が宿ったことで、ひろぽんの妹の身体《からだ》は、ひろぽんの妹のものではなくなってしまったのだから——。

「実を言いますと……ニッポンにいたとき、私はヒロコの妹の記憶らしきものを、夢に見ることがあったのです」

「そんなことが？」

「はい。とても賑《にぎ》やかで、とても温かくて、とても幸せな記憶でした。お二人の仲が本当によかったことを、私は知りました」

俺が家畜時代の思い出を夢に見ることはなかった。だが、ひろぽんの妹は人間だ。同じ脳をそのまま使っていれば、そういうことも起こり得るのだろう。

「ヒロコのすまほには、二人のしゃしんがたくさん入っていました。これは二人ででぃずにーに行ったとき、というように、ヒロコはとても楽しそうに話してくれたのです」

「そうか……それは……」

適切な言葉が見つからない。尻切れ蜻蛉《とんぼ》になってしまった。

「私はヒロコの思い出を、少しも汚したくなかったのです。だからメステリアへ還《かえ》るとき、私にまつわるヒロコの記憶をすべて消去しました」

「……そうだったのか」

記憶を消してしまうのはやりすぎだと思っていたが……そんな事情があっただなんて。

「これまでお話ししたことを踏まえて、お豚さんにもう一度伺います」

燦々《さんさん》と注ぐ日光の下で、ブレースの声が後ろから響く。

「もしも私がニッポンに戻ったら、ヒロコはどう思うでしょうか」

しばらく真剣に考えてから、俺は慎重に口を開く。

「……すまない。俺には分からない」

「そう、ですか」

暗い声が聞こえてきて、思い出す。ひろぽんの妹が病院からいなくなっていたことを。不自然なくらいに、病院には何の手掛かりも残っていなかったことを。

そもそも俺は、どうして今、こんな夢を見ているのか――

「おい待て。ブレース、もしかするとこっちに戻ってきたのか？」

「そろそろお時間のようです」

「お時間……？　いや、もう少しだけ話を聞いてくれ。独りで考え込んじゃダメだ。ひろぽんの考えは、ひろぽんにしか分からない。だから俺なんかに相談するんじゃなくて、彼女本人に相談してみてくれないか」

「ご親切に、ありがとうございました」

その口調からはとても、ひろぽん本人に相談しようという響きが感じられなかった。

「待て！　ブレース、ダメだ――」

急に日差しが強くなる。あまりの眩《まばゆ》さに視界が白飛びする。

ふわり。

耳をハムハムされながら目覚めたとき、俺は夢で交わした言葉を全く憶《おぼ》えていなかった。

なぜかヒマワリ畑にいたということだけ印象に残っていて――ブレースという少女の存在、そして彼女と過ごした時間のことさえも、すっかり忘れてしまっていた。


ブレースのことを思い出したのは、弘前公園《ひろさきこうえん》で楔《くさび》がなくなっているのを見つけた後だった。

東京に帰ってから、俺はすぐにひろぽんを呼び出した。俺の部屋でジェスに睨《にら》まれながらやりとりをしているうちに、ひろぽんもすべてを思い出した。

記憶は消えてしまったわけではなかった。優しく封印されていただけだった。

濡《ぬ》れたページがほぐれて開くように、記憶は戻ってきた。

「……ロリポさん、私の犯した罪を一つ、聞いてくれますか」

ひろぽんはお土産のリンゴをつまみながら、そう切り出した。俺は頷《うなず》いて耳を傾ける。

「私、実はシスコンだったんですよ。ロリポさんも真っ青になっちゃうくらい、ガチのやつ」

〈俺が真っ青になるっていうのは、それは相当大変なことだぞ〉

「確かに。ロリポさんが真っ青になったら、青ブタになっちゃいますもんね」

〈全然そういう意味じゃなかったんだが……〉

「さすがロリポさん、ブタ野郎ですね」

〈そんなダメ押しみたいに〉

俺のツッコミに笑ってから、ひろぽんは真面目な顔に戻って言う。

「ともかく、私は妹が大好きだったんです。私と違って、すごく素直な子で、優しいし、きれいだし、細いし、なのにおっぱい大きいし……ロリポさんが憤死しちゃうくらい、いい妹だったんですよ」

〈いちいち俺を引き合いに出してくれなくて大丈夫だからな〉

また律義《りちぎ》にツッコミを入れると、ひろぽんはにっと笑った。

それから大きなため息をつく。まるで自分にうんざりしているかのように。

「でも、妹はお母さんと同じ病気で倒れちゃって。そのうち寝たきりになっちゃいました。いつか妹を治せるようになりたいと思って医学を志してたのに、全然間に合わなかった」

俺はその場で座り直す。ひろぽんはリンゴを一欠けつまんで俺の前に差し出してきた。ジェスの目が怖かったが、断る気になれなくて、逡巡《しゅんじゅん》の末に俺は口でリンゴを受け取った。

ジェスは何も言ってこなかった。部屋はすっかり深刻な空気になっていた。

「父親はその分野の第一人者だったんですけど、その父親にすら何もできなくて。結局妹は植物状態になっちゃいました。それも悪化する一方で……妹自身の希望もあって、臓器移植の話になったんです。不帰の点を越えてしまったら、そうしようって」

初めて聞く話だった。言葉がない。

「私だって医学部生の端くれでしたから、それが正しいことだって、頭では分かってました。妹の身体《からだ》が他の誰かを救うならそうすべきだって、頭では理解してました。でもいざ直面してみたら、なぜか納得できなくなっちゃって。馬鹿ですよね」

〈馬鹿なんかじゃない〉

俺はほとんど無意識に、そう返していた。

最も愛する者の死と直面するのは、決して容易なことではないだろう。

ひろぽんは首を振る。

「ここから先の話を聞いたら、きっと馬鹿だって思いますよ。私はそんなときに、お薬を少し飲みすぎちゃったんです。それで……目が覚めたら豚になってました」

ひろぽんがメステリアへ転移したときの話は、ぼんやりとしか聞いていなかった。

まさかそんな経緯があったとは——

「それだけじゃないんですよ。私はメステリアで、一人の女の子を見かけました。彼女が乱暴されてるのを、黙って見てることしかできなくて……こっちに戻ってきた後、ロリポさんの小説をネットで読んで、彼女がどんな最期《さいご》を迎えたのか知りました」

それが誰のことかはすぐに分かった。

ひどいことをされ、監禁されて、俺たちに助け出された少女。そしてジェスを王都へ送り届けるために、命を投げ出してまで俺たちを助けてくれた少女。

こちらに来る前から、ブレースとひろぽんの間には関わりがあったのだ。

ひろぽんの目から涙が流れる。声が震え始める。

「私、あの子を見殺しにしたんです。メステリアで経験したことをみなさんにあまり言えなかったのは、それが理由です。ブレース本人にだって、もちろん言えてません」

〈見殺しって……ブレースを助けるために何もできなかったのは、俺だって同じだ。別にひろぽんが悪いわけじゃない〉

「ダメですよ、ねえロリポさん。そんな優しいこと言っちゃ」

そう呟《つぶや》いてから、ひろぽんはティッシュで鼻をかんだ。俺もジェスも、ひろぽんを見守ることしかできなかった。

「ロリポさんはジェスちゃんを救いました。ケントくんはヌリスちゃんを救いました。サノンさんは解放軍を助けました。でも、私は何もしなかった。もしかするとブレースを救えたかもしれないのに……そんな後悔があったからこそ、私はロリポさんたちに会って、転移のお手伝いをしたんです」

ひろぽんは親の病院にベッドを用意させ、スタンガンで俺たちを送り出してくれたのだ。

〈その結果、ブレースが妹さんの身体《からだ》に宿った……〉

「ええ。妹の身体《からだ》が、私が助けられなかった女の子を救ったんですよ。奇跡だと思ってます」

しゃくりとリンゴを齧《かじ》ってから、ひろぽんは言う。

「だからねロリポさん、ジェスちゃん。私、ブレースのことだけは幸せにしてあげなくちゃいけないんです。あの子だけは、きちんと幸せにしてあげたいんです」

涙で顔を濡《ぬ》らしながら、「リンゴおいしいです」と呟《つぶや》くひろぽん。

ゆっくりと、ジェスが口を開いた。

「やりましょう。ブレースさんにもう一度会って、きちんとお話をしましょう」

俺たちは頷《うなず》き合《あ》った。

そして、次こそ必ずブレースを捕まえようと決心したのだった。

サノンとブレースは、北《きた》の丸公園《まるこうえん》の中、滝の脇にせり出すように造られた滝見の東屋《あずまや》で追い詰められた。ブレースはひろぽんの妹の身体《からだ》で、車椅子。それをサノンが押していた。

公園の中で車椅子を移動させるのは大変だったのだろう。秋も終わりだというのに、髭面《ひげづら》のサノンは汗だくだった。

「ブレース！」

サノンのことはすっかり眼中にない様子で、ひろぽんがブレースに抱きついた。

「よかった……またちゃんと会えて……」

ひろぽんの腕の中、ブレースは気まずそうに黙ったまま下を向いていた。

〈ここに楔《くさび》はありませんよ〉

俺がそう伝えずとも、サノンは勢揃《せいぞろ》いした俺たちを見てすべてを察したようだった。どこか安心したように額の汗を拭い、ゆっくりと東屋《あずまや》の椅子に座る。

ジェス、俺、ひろぽん、ケント。ブレースとサノン。そして空気を読まずにブレースの脚を嗅ぎまくる犬。東屋《あずまや》で輪になって座り、しっかりと話をつけることになった。

口火を切ったのはブレースだ。

「サノさんに、責任はありません」

首を振って口を開こうとするサノンを、ブレースは細い手で遮った。

「……すべて、私がお願いしたのですから」

「どういうこと、ブレースがお願いしたって」

ひろぽんがいつになく真面目な声で訊《き》いた。

「それは……」

ブレースは慎重に言葉を探している様子だった。

彼女には、魔法を超える力があった。

楔《くさび》の上流の世界からやってきた者が有する、魔法の枠組みさえ超越してしまうような力が。

ジェスの能力が探求だとしたら、ブレースの能力は夢見と噂《うわさ》。情報を遠隔で送受信し、ときには操作してしまう、規格外のチート能力である。ブレースは俺たちに別れを告げるとき、ひろぽんの記憶を操作していた。植物状態となってしまった彼女の妹の身体《からだ》を借りる形でしばし日本に留まっていたことを、すっかり忘れさせた。

ジェスがこちらの世界に来た後、失踪したサノンや病院から消えたひろぽんの妹のことを俺たちがすっかり忘れていたのも、同様にブレースの能力によるものだろう。

しかしブレースの能力は、効果範囲がチート級なだけに、割と簡単に打破できてしまうものらしい。そして自分と同様の存在であるジェスの記憶は改変しきれないようだった。ジェスがブレースのこともサノンのことも忘れていなかったのがその証拠だ。

記憶操作に耐性のあったジェスとやりとりするうちに、みな忘れていたことを思い出した。

そしていくつかの疑問に至る。

サノンはどこに行ったのか。

ひろぽんの妹の身体《からだ》はどこへ消えたのか。

そもそも二人についての記憶が、なぜ失われているのか。

メステリアへ還《かえ》ってしまったはずのブレースと結びつけるまでに、時間はかからなかった。

ブレースの人格がひろぽんの妹に再び宿り、サノンとともにどこかへ消えた。二人にとって都合の悪い情報はブレースの力で消されてしまった――そう考えるしかなかったのだ。

問題は、なぜ、ということ。

なぜ二人は消えたのか。

なぜ連絡をくれなかったのか。

なぜ契約《けいやく》の楔《くさび》を横取りするようなことをしたのか――

「私はきっと、許されないことをしてしまったのです」

ブレースは俯《うつむ》いたまま言った。

「みなさんにああしてお別れを告げたのに……私は、戻ってしまいました。理由はすぐに分かりました。私には未練が残っていたのです。こちらの素晴らしい世界で生きたいと、その気持ちを断ち切ることができぬまま、私は還《かえ》ろうとしてしまいました」

「別に、当たり前のことだよ。ブレースは悪くない」

身を乗り出したひろぽんの言葉に、首を振る。

「私のせいで、中途半端《ちゅうとはんぱ》になってしまったのです。お豚さんの言う三本の糸はきっと、私のせいで、わずかな一筋くらい、残ってしまったのだと思います。だから世界は再び繋《つな》がってしまいました。還《かえ》ったはずの私がここにいるのが、何よりの証拠です」

「でもブレースさん、私だって、ここにいます！」

すかさずジェスが口を挟んだ。

「私は、私のせいで世界が繋《つな》がってしまったのだと思っていました。私がこちらに来たいと願ったから――だから、ブレースさんはきっと関係ありません」

ブレースはまた首を振る。長い髪がゆらゆらと揺れた。

「私が未練の糸を断ち切れていなかったからこそ、ジェスさんは来ることができたのでしょう。契約《けいやく》の楔《くさび》がこちらの世界へ流れてしまったのは、すべて私の責任なのです」

議論のしようがなかった。分からないことが多すぎるし、観念が抽象的すぎる。

「でも、それを言ったら」

とケントが勢い込む。

「オレだって、メステリア《あちら》に戻りたいと思ってました。もっと一緒にいたい人がいた。ロリポさんだってよっぽどでしょう。心残りがあったのは、別にブレースだけじゃない」

〈ケントの言う通りだ〉

と俺も加勢する。

〈俺だって戻りたかった。こっちの世界で未練がましく、メステリアの話を書いた本まで出し

てしまった。世界の境界が曖昧になることを望んでいたのは——未練を断ち切れていなかったのは、俺だって同じなんだ〉

「いいえ、お豚さん、それにケントさん。あなたたちの身体《からだ》は、向こうにはもうありません。未練の糸を残そうにも、向こう側の端がなかったではありませんか」

ブレースの冷静な瞳がこちらを見てきた。言葉に詰まる。

確かに、ブレースにはこちら側の身体《からだ》——ひろぽんの妹の身体《からだ》がまだあった。

消えたつもりでいたはずが、気付けばそこに自分が戻っていたのだから、自分のせいで世界の分断が失敗したと考えてしまうのは自然なことのように思える。その正誤は別として。

〈……だからなのか〉

ブレースに訊《き》く。

〈だからブレースは、責任を負って楔《くさび》を集めようと……〉

「ええ。真に責任を負うべきなのは、あなたたちではなく、本当は、私だけなのですから」

そう語るブレースの目には、いつしかの若き王を想起させる決意の光が宿っていた。

「世界を繋《つな》ぎ、こちらへ来てしまった私のすべきことは単純明快でした。すべての楔《くさび》を集め、一二八余すことなく自分の身体《からだ》へ打ち込み、誰にもご迷惑をおかけしない場所でひっそり息絶えるのです。そうすれば、みなさんの世界を——大切なものを傷つけることはありません」

途方もない話だ。とても一人で背負い切れるようなものではない。

場違いではあったが、またこのパターンか、と俺はどこか懐《なつ》かしく思った。

責任に押し潰され、それを誰にも打ち明けずに暴走してしまった人を俺はよく知っている。

「でも、どうして……どうしてブレースは、私たちに教えてくれなかったの？　こっちに来てたならさ、サノンさんだけじゃなくて、私たちも頼ってくれたらよかったのに！　ジェスちゃんから横取りみたいな形で楔《くさび》を取らなくても……」

ひろぽんの声は痛切だった。

「私の計画がみなさんに知られてしまえば、みなさんはきっと、私を助けると言ってくださるでしょう。私のために犠牲を払ってしまうでしょう。しかし、楔《くさび》の罪は私だけが背負うべきもの。みなさんを巻き込むわけにはいかなかったのです」

「そんなことないよ、だって――」

「――それに……ヒロコにどんな顔をすればよいのか、私には分からなかったのです」

ブレースは俯《うつむ》いた。長い髪がその顔を覆う。スカートの膝が、ぽたりと垂れる雫《しずく》で濡《ぬ》れた。

「私は生を望んでしまいました。ヒロコの妹の身体《からだ》を奪ってでも生き続けたいと、そう願ってしまったのです。結果、ヒロコの妹の身体《からだ》を残して還《かえ》る方法は、分からなくなってしまいました。これでは殺してしまったも同然です。本当は、ヒロコに合わせる顔などないのです」

「そんな……私、全然、そんなこと……」

ひろぽんの声は尻すぼみになっていく。一方で、ブレースは語気を強める。

「だからジェスさん、お願いします。見逃してください。ここでは何もなかったことにして、私に使命を果たす時間をください。みなさんにはもう、決してご迷惑をおかけしませんから」

名指しされたジェスに視線が集まる。

ブレースの記憶操作に抗《あらが》うことができるのはジェスだけだ。ジェスがブレースの言うことに納得すれば、俺たちはまたブレースの存在を忘れ、彼女の歪《いびつ》な願いは叶《かな》うのかもしれない。

だが当然、ジェスはそんなことを許容する人ではなかった。

「ブレースさん」

ジェスは優しくとも力のこもった声で言う。

「いったん腰を据えて、みんなできちんとお話をしませんか。真実を全部打ち明けて、お互いに本当の気持ちを聞いてからどうすべきか考えても、遅くはありませんよ」

当たり前のことではあったが、俺たちにとって、これほど重みのある言葉はなかった。

そうした当然のことができなかったばかりに生じてしまった悲劇を、これまでに何度も目《ま》の当《あ》たりにしてきたのだから。

日は高くなってきたが、静かな公園を吹き抜けていく風は冷たい。

ブレースはしばらく考えた後、こくりと頷《うなず》く。

「……分かりました。ジェスさんが、そうおっしゃるのなら」

まだ納得していない様子だったが、ジェスには能力的な優位が存在する。みなの記憶を消そうにも、ジェスがいる限りすぐに解除されてしまう。ブレースに選択肢はないのだ。

ひろぽんがブレースの前に移動した。その肩に両手を置いて、訴えかける。

「私ね、ブレースに言ってなかったことがあるの」

そして遂《つい》に、本当のところを伝える。

自分がメステリアに行って、つらい思いをしていたブレースを見捨ててしまったこと。

妹の身体《からだ》がブレースを救ったなら、それは奇跡だと思っているということ。

そして、ブレースと一緒にいたいと心から願っているということ。

ひろぽんの語りは、どんどん熱く、激しくなっていった。

彼女の話を聞きながら、ブレースの肩も同調するように強く震えていく。

「だから、お願いだから、迷惑だなんて——合わせる顔がないなんて、言わないでほしい」

言い終えて、ひろぽんは荒い呼吸を整えるように大きく肩で息をした。

そんな彼女の様子を見て、ブレースはきっと一番気にしていたであろう言葉を吐き出す。

「……でも、私には、ヒロコの妹の代わりなどできません」

ひろぽんは目を見開いた。

そんなことを思っていたのかと、驚いている様子だった。

「そうじゃない。ブレースには、別に妹の代わりになってほしいわけじゃないよ……私はブレースに生きていてほしいだけ。それ以上のことなんて望んでない。今ここにこの身体《からだ》でいるブ

レースに、幸せになってほしいだけなんだよ」

対するブレースも、しばらく言われたことを咀嚼《そしゃく》する時間が必要な様子だった。

「あの……こんなに、誰かから必要とされたことが、私にはなかったものですから……」

しばらく戸惑った後、ブレースはようやく顔を上げる。

「ヒロコ……ありがとう」

きちんと話してみれば、案外簡単なことだったりもする。

ここから先は二人の問題だった。

ようやく分かり合えた二人に、安堵と祝福の眼差しが注がれた。そして俺は、ブレースの前に歩み出る。一つだけ、どうしても確認しておきたいことがあるのだ。

〈ちなみに……ブレースはもう、楔《くさび》を自分に打ち込んでしまったのか？〉

しばらく反応がなくて恐ろしかったが、やがてブレースはゆるゆると首を振った。

「……いいえ」

サノンの方をちらりと見る。そこでようやく、サノンが口を開く。

「ご安心ください。楔《くさび》はちゃんと、ここにあります」

サノンはボディバッグから、チェーンで繋《つな》がれた小さながまぐちを大切そうに取り出した。

ぱちりと開かれ、中から透明な三角錐《さんかくすい》の結晶が覗《のぞ》く。

契約《けいやく》の楔《くさび》。

人に魔法を与え、いかなる呪詛《じゅそ》をも消し去り、いかなる守護をも打ち砕く、災厄の根源。

弘前《ひろさき》の分と鎌倉《かまくら》の分で、きちんと二つ揃《そろ》っていた。

「これはお返しします」

サノンはジェスに楔《くさび》を手渡した。こうして俺たちのもとに楔《くさび》が四つ揃《そろ》った。

「ブレースさんだけに話してもらうのは酷です。私にも、懺悔《ざんげ》させてください」

サノンがゆっくりと切り出した。

「みなさんには、大変ご心配をおかけしました。悪いことをしたとは思っています。ブレースさんが夢に現れて、私に助けを求めてきたとき――ひろぽんさんやロリポさんやケントくんには秘密で動きたいと言われたとき、それに乗っかってしまったわけですからねえ」

ブレースは、衰弱したひろぽんの妹の身体《からだ》では自由に動くことができなかった。協力者が必要だった。そこでサノンを選んだのだろう。こっそりお願いしても、俺たちには言わずにいてくれるはずの人。確かにサノンは適役すぎるかもしれなかった。

「余計なことかもしれませんが、安心してください……私は彼女にやましいことなど一切していませんよ。彼女の身の回りのことは姉に手伝ってもらいました。そもそもみなさんご存じのように、ブレースさんは、年齢的に対象外ですしねえ」

サノンが本当に余計な断りを入れた。

ブレースはジェスと同じくらいの生まれで、ひろぽんの妹もたまたまそれに近いそうだ。つまり精神的にも、肉体的にも、今は一七歳から一八歳ほど。上か下か、どちらに対象外なのかは確認するまでもないだろう。

ブレースの様子を見るに、サノンの言葉に嘘《うそ》はないようだった。

閑話休題。俺はサノンにも確認しておかなければならないことがあった。

〈サノンさんは、楔《くさび》のことも、ブレースのことも、秘密にすべきでないと分かっていたはずでしょう。ブレースからの相談を受けて、俺たちから楔《くさび》を横取りする話まで出てきて、それで止めようとは思わなかったんですか〉

少し責めるような言葉になってしまった。だがサノンには、俺たちを裏切った前科がある。

「やはり、そうきましたか」

サノンは苦笑いして頭を掻《か》いた。

「まあいいでしょう。私だって、自分ならいかにも楔《くさび》で何かを企《たくら》みそうだと思いますから」

〈企《たくら》んでいたわけではないんですね〉

「もちろんです。私はブレースさんに協力するフリをしながら、上手《うま》いこと言って楔《くさび》を使うのを後回しにさせていたんですよ。楔《くさび》は私が預かって、間違ってもブレースさんがご自分に刺してしまわないよう、安全な場所に保管していました」

そういうことだったのか。

〈じゃあ、俺たちに話さなかったのは——〉

「だって話してしまったら、ブレースさんが気付いてしまうじゃありませんか。私が信用を失って、記憶を消され、ブレースさんを取り逃がしてしまうことの方が、よっぽど危険だと判断したまでです。こうしてみなさんの方から見つけてくれるのを、待っていたんですよ」

つまりサノンは、心を読める少女相手に取り入って、スパイをしていたということになる。

サノンにだって記憶を改竄《かいざん》されてしまう危険はあったはずだ。それなのに今まで楔《くさび》を守り抜いたなんて、常人の芸当ではない。

〈しかし、よくそんなことが……〉

「私が少年少女を騙《だま》して誑《たぶら》かすことに長《た》けているのは、ロリポさんもよくご存じでしょう。それに、もし私が魔法使いの少女に本心を読まれてしまうような人間だったら、私はセレたんのそばにあんなに長くいられませんでしたよ」

はっはっは、とサノンは笑ったが、他には誰も笑わなかった。

これが終わったらとにかく警察を呼ぼうと思った。

「それに、もう一つ余計なことを言うとですね、私も、少しは興味があったんです」

その不穏なまでに穏やかな響きから、いつかのサノンの言葉が思い出される。

――一度魔法で壊してしまった方がいいものも、世の中にはたくさんあるじゃないですか

「契約《けいやく》の楔《くさび》を手にしたら、私はどんなことを思うのか。この世界を変えてしまえる力を手にしたとき、私は何を夢見るのか。もちろん使うつもりはありませんでしたが、非常に興味があったんですよ。ブレースさんの企《たくら》みが上手《うま》くいかないことは分かっていました。でもその前に、一度でいいから試してみたかったんです」

〈……サノンさんは、楔《くさび》を手にして何を感じたんですか〉

聞きたくないような気分でありながらも、その目に宿る優しい光を信じて、訊《き》いた。

「恐怖だけです」

淡々と言うサノンの膝元に、白い犬が歩み寄った。サノンの手が犬を撫《な》でる。

「この世界は、ノットくんの言葉を借りればクソッタレです。メステリアも、とんでもないくらいにクソッタレでした。でもロリポさんからメステリアで起こったことを聞いて、私は気付いたんです。私があちらでしたことは、とんでもない間違いでした」

サノンはしばし俯《うつむ》いてから、続ける。

「どんなにクソッタレな世界でも、そこに生きている人たちはあんなにも温かいのですから。目的がどんなに崇高であれ、争いを望まない人を力で打ち倒し、支配しようというのは、やはり間違っていました」

〈そうですか……それなら、よかったです〉

ここに来るときは心が落ち着かず気付かなかったが、流れ落ちる人工の滝がざあざあと心地よい音を立てていた。枝にぶら下がる枯れ葉が風に吹かれて飛んでいく。

「みなさんに……ブレースさんにも、お願いがあります」

そう切り出したのはジェスだった。

「契約《けいやく》の楔《くさび》は、まだ一二四個も残っています。今までに集めたものを、あと三一も繰り返さなければならないんです。とても大変な仕事になると思いますが……ここにいる全員で、力を合わせて集めませんか」

〈もちろんだ〉

俺が言うと、ひろぽん、ケント、サノンも口々に賛同し、頷《うなず》いた。

最後にブレースが残った。ジェスをまっすぐに見る。顔立ちは違えど、あの悲しい夜に俺とジェスの幸せを祈ってくれた少女の目が、そこには確かにあった。

「はい……どうか、お願いします」

課題は山積みだろうが、ここにいる全員で力を合わせ、なんとかしていく他にないのだ。

俺たちは——六人の奇妙な仲間は、互いの顔を見て頷《うなず》き合う。

「わん！」

最後に犬が、嬉《うれ》しそうに大きな返事をした。

筆をおく前に一つだけ。

時間や説明は少々飛んでしまうのだが、許されるのならば最後にもう一つだけ、メステリアでの出来事を語っておきたい。まあ後日談みたいなものだ。

そう、俺たちはあの後、割とすぐに、またメステリアへ行くことになってしまったのだ。

「心の本を開くのです」

というブレースの謎のアドバイスにも助けられ、ジェスと俺は鎖《くさり》の回廊《かいろう》を通ってあの剣と魔法の世界に帰還することができた。別に狙ったわけではなかったのだが、偶然か必然か、メステリアに着いた日は折しも、ジェスの一八歳の誕生日だった。

出会ってから丸二年。美しい初夏の夜である。

キルトリには、ジェスとあの木の下で待ち合わせしたときと同じ風が吹いていた。

さっそく都――王都からは王という意味のニュアンスが除かれたらしい。残念ながらシュラランドという名前にはならなかったようだ――に行くものだと思っていたが、「そんなことをしていたら誕生日が終わってしまいます」ということで、キルトリで一泊することになった。

泊まることになったのは、俺たちが最後のつもりの夜を過ごした旅籠《はたご》だった。ジェスなりの当てつけかもしれない。部屋まで同じだった。

ジェスは俺をベッドに座らせ、すぐ隣に座ってくる。そして俺のハーネスを外してくれた。

太い鎖のついたハーネスはじゃらりと鈍い音を立てて床に置かれた。

「今日は私の誕生日です」

〈そうだな。おめでとう〉

「おめでとうはもう十分です。たくさん言っていただきましたから」

そんな気がする。（n回目）

ジェスは改めて少し姿勢を正し、こちらを見てくる。

「豚さんがなぜ豚さんのお姿をされているのか、理由は分かっていらっしゃいますね」

俺も豚なりにロースを伸ばす。

〈清楚《せいそ》な金髪美少女に豚呼ばわりしてもらうためだ〉

「もう一八です。美少女と呼ぶのも少し厳しい年齢になってきましたよ」

〈じゃあ清楚《せいそ》な金髪美女だな。お詫《わ》びして訂正する〉

「……豚さんと呼ばれて喜ぶ段階は、とっくに過ぎているかと思いましたが」

〈いや、案外飽きないものだぞ。一生このままでいいくらいだ〉

ジェスの茶色い瞳がじっと見つめてきた。「一生」という言葉に反応したようだった。

いつものような誤魔化しが許される時間は終わったらしい。

「改めて、ここできちんと誓ってください」

ジェスは真面目な声で言った。

「何があろうと、本当の本当の本当に、ずっと私と一緒にいてくださると」

〈……誓うとどうなるんだ〉

「そうすればきっと、豚さんは人の姿に戻ります」

そうなのだろう。

床に落ちた鎖を見る。俺を繋《つな》いでいたその鎖の頑強さは、ジェスの想《おも》いの強さだ。

俺が日本でも豚になっていた理由――それは、最初に出会ったときからずっと変わらない。

俺がどこにも行かないように。俺がどこへも行けないように。

ずっと一緒にいたいから、ジェスの願いは俺を豚の姿にしているのだ。

だから――俺がどこにも行かないと、もう絶対にジェスをひとりにしないと、そうきちんと誓って、ジェスがそれを心から信じることができれば、俺は人間に戻れるのだろう。

単純明快な論理である。

〈しかし……誓うといっても、豚の姿じゃ誓約できないぞ。こうやって脳内で括弧にくくって誓えばいいか？〉

ジェスは首を振る。

「誓いのキスをしてください」

結婚式みたいだな、と思った。

……いや。

どちらかというとおとぎ話だ――キスで人間に戻るなんて。

「私とキスができないのなら、豚さんは一生、豚さんのまま、童貞さんのままです」

〈二つ目は余計なんじゃないか〉

ジェスが何も言わないので、戦慄する。本気なのか。

〈心の準備をさせてくれ〉

ジェスが鞄《かばん》から時計を出す。

「私の誕生日が終わってしまうまで、あとちょうど一分です」

〈一分?〉

「ええ。一分以内に心の準備を済ませてください」

ハツがどくどく鳴って血流がなんだかすごいことになっているのを感じる。

頭が真っ白だ。桃色の脳細胞はすっかり役に立たなくなってしまった。

「三〇秒です」

〈ちょっと待て、時間の進みがおかしいぞ〉

「時計は正常です。豚さんが遅いんですよ」

ジェスは俺の頬肉を、両手で包むように持った。首がジェスの方に向く。真正面にジェスの顔がある。ジェスの目がちらりと時計を見る。

「一〇秒です」

ジェスは目を閉じた。

時間どころかもう何も分からなくなった。ジェスは俺の童貞度を見越して、正常な判断力を奪うためにこうした舞台を用意してくれたのかもしれなかった。

カウントダウンはない。もう日付は変わってしまっただろうか？　いや、悩んでいる時間などないのだ。俺がすべきことは、一つだけ。

少し力を抜いて、身体《からだ》を前に倒すだけ――

唇が触れる。途端に何かが変わった。気付けば何もかもが変わっている。手が自由に動く。足が自由に動く。身体《からだ》がやたら細長く感じられて、俺はバランスを崩し横になった。

俺は人間に戻っていた。

一方で、ジェスは何も変わっていなかった。目を閉じたまま、俺の両頬をがっちりと固定して、キスをしてくる。もう本当に何が何だか分からないが、豚の姿で一度だけしたあのときよりもずっとすごいことをされているのだけは認識できた。

俺はいつの間にか仰向けになっていた。ジェスに押さえつけられている。止まらない。ずっとされるがままで、どれほどの時間が経《た》ったかも分からない。誕生日はとっくに終わってしまっただろう。とにかく大変なことになった後、ジェスはようやく俺を解放してくれた。

俺を押さえつけていた手を離したと思ったら、ジェスは俺に馬乗りになったまま、じっと俺を見下ろしてくる。その頬は見たこともないくらいに紅潮していた。

「待て、もちつけ」

「もちついています」

「どう見ても、もちついてはいないだろう」

腰の上に座られているので、俺は起き上がることもできない。

「階段はゆっくり、一段ずつな」

「最初の段でどれだけ待たされたとお思いですか」

ジェスの指が俺の上半身をなぞった。パニックになっていてそこでようやく気付いたが、豚の姿から突然人間になってしまった俺は、当然のごとく全裸なのであった。

まな板の鯉《こい》だ。豚の次は鯉《こい》か。いや、何を考えているんだ俺は。

ジェスが前屈《まえかが》みになった、その瞬間。

ばごーん！　――という冗談みたいな音を立てて、寝室の扉が開け放たれた。

俺たちは二人揃《そろ》ってそちらに顔を向ける。

白い犬だ。舌を垂らして、満面の笑みでハアハア言いながらこちらに歩いてくる。

なぜかこいつもついてきてしまったのだ――とても心の本を開く脳みそがあるようには見えなかったが、なぜか世界の壁を越えてきてしまった。

犬はテコテコ歩いてきて、俺の顔をフンフン嗅いだ。

やはり男には興味がないらしい。ふんすと鼻息を吹きかけてくると、その場でお座りして、何かを期待するようにジェスを見上げた。

そういえば。

ジェスを幸せにしなければ大切な瞬間に全裸で闖入《ちんにゅう》してくるとか言っていた奴《やつ》がいたっけ。

この犬の中身が何なのかは知らないが――これは警告なのだろう。

どこかできっと、あの男がニタニタ笑っているに違いない。

なんだかおかしくて、全裸の状態で美女に押し倒されているのにもかかわらず、俺は我慢できずに噴き出してしまった。

白い犬に見つめられ、ジェスも思わずといった様子で笑い始める。

とんでもなく混乱した状態で、俺とジェスはしばらく一緒に笑っていた。

犬は飽きたのか、またテチテチとどこかへ去っていった。

寝室に残された俺たちは、しばらく黙って見つめ合う。

ジェスはようやく自分がしたことに気付いたのか、今度は恥ずかしそうに耳を染めた。

「す、すみません……乱暴を……してしまいました」

「いや、いいんだ」

ジェスは隣にごろんと寝転んできた。

「たくさん笑ってしまいましたね」

「ああ。人の姿は久しぶりだからもう腹が痛い」

ジェスがふと気付いたようにこちらを見てくる。

「そういえば……一緒に笑うのは初めてですね」

「そうか？」

「ええ。豚さんのお顔は、あまり笑わないので……」

確かにそうだ。豚の顔ではまともな笑顔にならないだろう。

「……不細工だろ」

「心から笑っていれば、誰だってそうなりますよ」

ジェスは俺をぎゅっと抱き締めてきた。そこで俺は正気に返る。

「あのな、ずっと豚でいたから慣れてしまっていたんだが……」

「はい」

「今すぐにでも、服を着たい」

「あ、そうでしたね……ごめんなさい。今用意します」

ジェスは急いで起き上がると、魔法を使う――のではなく、床から何かを拾い上げた。

鎖の付いたハーネスだった。

「今はこれしかありませんので、こちらで我慢していただけますか？」

「…………」

「あ、あの、冗談です」

それからジェスは、魔法で空中に布を織り、俺に似合う服を用意してくれた。髪まで整えてもらった。眼鏡はさすがに用意してもらえなかったが。

服を着てから、ジェスに訊《き》く。

「長いこと確認し損ねていたんだが……実はSなのか？」

「えすって何ですか。私はジェスです」

どこかとぼけた返答にまた笑ってしまう。

鏡を見て、自分の印象ががらりと変わったのに気付く。もちろんヒョロガリであることやクソ童貞であることに変わりはないのだが、ジェスのおかげで、なんとなくファンタジー世界の住人と言われても違和感がないくらいの仕上がりになっていた。脱オタならぬ脱現実である。

ジェスは腰に手を当てて、そんな俺の様子を満足そうに眺めていた。

せっかく人の姿になり、服も着たので、俺たちは夜のキルトリを散策することにした。

ジェスは手を繋《つな》いできた。人間の姿に戻ると、さすがに背は俺の方が高かった。どちらが右を歩くか、どちらの手首を前にするか、指をどう組むか、しっくりくるまで試行錯誤した。

一瞬数段飛ばしになりかけたが、やはり何事もこうした基本から始めるべきだと思う。

「気持ちのいい夜だな」

「ええ。ずっと歩いていたいくらいです」

「じゃあ、気が済むまでずっと歩こう」

「そうですね」

歩幅は自然と揃《そろ》った。二人でならば、どこまでも歩けてしまえるような気がした。

きっとどこまでも行くのだろう。そう約束したのだから。

道は続いていく。歩くことをやめない限り。

……さて、俺はここでいったん筆をおくが、当然まだ何も終わっていない。

明日は都へ行ってかつての仲間と会う計画になっている。

どんな顔をして会えばいいのか分からないが、まあ、きっとなんとかなるだろう。

とにかく明日が楽しみだ。

俺は遂《つい》に、豚ではなくなってしまった。豚と少女の恋物語は今夜で終わりなのだろう。しかし見方を変えれば、大きな章が一つ変わるだけのこと。ここで突然道が途切れたりすることは絶対にない。

物語は終わらないのである。

これはきっと、俺たち二人が駆け抜ける長大な冒険譚《ぼうけんたん》の、始まりの物語だ。

××× years later

終わりのない旅

the story of
a man turned into
a pig.

Heat the pig liver

あれから×××年

船がようやく辿《たど》り着《つ》いた国には美しい自然が広がっていた。

海岸には人工物を知らぬ白い砂浜が広がり、山々は深い緑に覆われている。碧《あお》い海に流れ込む小川の水は驚くほどに透明だ。雲のない空から柔らかな初夏の日差しが降り注ぐ。

船長によれば、ここは地図に存在しない国なのだという。

厳密には、何百年も前に地図から消えてしまった国。

消えてしまったと思われていて、もはや存在していないと思われていた国。

船を降りた少年は、なんだか夢を見ているような気持ちになった。知らない小鳥が鳴いている。心地よい陽気に誘われて、少年の足はふらふらと先へ進んだ。

白い砂浜を過ぎると美しい花々の咲く草原が広がる。なんて素晴らしいところなんだ、と少年は感動した。彼はもう一三だったが、美しい景色は童心を瑞々《みずみず》しく蘇《よみがえ》らせ、罪人の身に与えられた任務のことなどすっかり頭から抜け落ちていた。

草原を抜けると踏み固められた砂利道があった。まばらに木が茂るのどかな丘陵地帯を、緩やかに蛇行しながら伸びていく。人が住んでいる証拠だ。

遠くから馬の駆ける音が聞こえてくる。やたらと急いでいるようだ。踏まれたら大変だ、と少年はあらかじめ道を空けた。

「放っておいてください！」

少女の叫ぶ声が遠くから響いてきた。自分が使っているのと同じ言語だ。少年は驚いた。

金色の髪を風に流し、葦毛《あしげ》の馬を駆る少女の姿が見える。後ろには何人もの男たちが続く。大きな馬に鞭《むち》打って少女を追いかけていた。

なんだか危ないぞ、と思い、少年は道端の茂みにそそくさと身を隠す。

次に起こったことは少年の理解を超えていた。

追っ手の投げた黒く太い縄が生き物のように滑空し、少女の駆る葦毛《あしげ》の馬に巻き付いた。馬はつんのめって転倒。少年の潜む茂みの前で倒れ、苦しそうに嘶《いなな》いた。少女は勢いよく砂利道に投げ出される。

あっという間に、少女は追っ手に囲まれてしまった。

「〝雫《しずく》〟を渡せ。引き換えに命だけは見逃してやろう」

馬に乗った男の一人が言った。奇妙に尖《とが》った、長い金属の杖《つえ》を握っている。

地面の少女は怯《おび》えた目でその杖《つえ》を見る。

「今ここで殺さないのはなぜですか？　もしかすると、私が美少女だからですか」

少年は首を傾《かし》げた。この国では「美少女」という言葉を特殊な意味で使っているらしい。

地面に横たわる少女は一五か一六ほど、確かにその顔立ちは清楚《せいそ》で美しかったが、まさかそんな彼女がこんな場面で、美少女を自認するような発言をするとは思えない。

普通の美少女は、自分を美少女とは認めないものだからだ。

周囲の男たちは一瞬呆気《あっけ》に取《と》られてから、げらげら笑い始めた。杖《つえ》の男が言う。

「よく分かってるようじゃないか」

「……痛いことはしませんか？」

言いながら、美少女は胸のボタンを外し始める。そんな場合ではないと頭では分かっていながらも、少年は思わず茂みから顔を出し、そちらに目を凝らしてしまった。男たちの視線もその白い肌に注がれている。

美少女は緩んだ胸元から何やら銀色のペンダントを取り出した。

「あの、私……これを」

おろおろした声で言いながら、美少女はぎゅっと目を瞑《つぶ》る。次の瞬間、彼女の胸元でペンダントがポンと開いた。たちまち黒い煙が拡散する。煙幕だ。墨のような煙は男たちを完全に包み、彼らの視界を塗り潰した。その隙に美少女は走って抜け出す。煤《すす》まみれだ。

美少女は少年の隠れる茂みのすぐ前までやってきた。倒れている葦毛《あしげ》の馬に気を取られていて、咄嗟《とっさ》に身を隠していた少年の存在には気付いていない。少年がどうしようかと茂みの中で躊躇《ちゅうちょ》している間に、彼女はしゃがんで、馬の脚を縛る縄に触った。見間違いだろうか、魔法のように縄がほどけた。

「走れそうですか？」

美少女の問いに馬は短く嗚いて応え、ゆっくりと立ち上がる。

少年の視界の端で何かが動く。目を向けると、馬を下りた杖《つえ》の男が煙の中から出てくるのが見えた。咄嗟《とつさ》に袖で顔を庇《かば》ったようで、煤《すす》だらけだが目の周りだけ肌の色が残っている。

男は明らかに激怒していた。杖《つえ》の鋭い先端を美少女に向けて構える。馬に乗ろうとする美少女は男の方にお尻を向けていて、非常事態に気付く様子がない——

次に何が起こるか考え、少年は急いで動く。

男が杖《つえ》を突き出そうとする予備動作と同時に、少年の身体《からだ》は茂みから飛び出していた。

美少女のお尻を守らなければ。

取っ組み合いには自信があった。杖《つえ》を横から押し、まず先端を少し逸《そ》らしてやればいい。

少年は弾丸のように男と美少女の間へと割り込んだ。杖《つえ》を突き出す動作に入った男は、茂みから突如飛び出してきた少年に対応できない。

少年は金属の杖《つえ》に横から手を添える。わずかな力をかけるだけで、杖先《つえさき》はあらぬ方角を向いた。だがその瞬間、彼の手の平に正体不明の激痛が走る。灼熱《しやくねつ》の烙印《らくいん》を押されたかに思えた。

「うっ……！」

驚いて手を見ると、網目状のどす黒い痣《あざ》があった。その痣《あざ》はどういうわけか、水に垂らしたインクのように、肌の上をどんどん広がっていく——

「え？」

振り返る美少女の声。そこから先を、少年は憶《おぼ》えていない。

「お目覚めになりましたか？」

という少女の声で少年は起こされた。重い瞼《まぶた》をもち上げると、例の美少女が煤《すす》だらけの顔でこちらを見下ろしている。きれいな部屋のベッドに寝かされていた。

この美少女は何をもって僕が目覚めたと判断したのだろう、と少年は訝《いぶか》しんだ。

「ちょ、超絶美少女だなんて、そんな……私、普通の美少女です」

彼女がそう自称していたから内心で美少女と呼んでいただけだし、なんなら超絶美少女とは一度も呼んでいなかったのだが――それはさておき、少年はどうやら自分が心を読まれているらしいことに気付いた。

「少年さん、もしかすると外国の人ですか？　変わった服を着ていましたもんね」

美少女はベッド脇の机に畳んで置かれた服を見る。

まさかと思い布団《ふとん》の中を確認すると、少年は裸になっていた。身体《からだ》中に指の跡が黒くついている。美少女の指についた煤《すす》は薄くなっていた。少年の脳内で二つの事実が繋《つな》がるまでに時間はかからなかった。

「…………脱がしました？」

「ごめんなさい、勝手に脱がせてしまって……あの、変なところは触っていませんから！」

変なところにばっちり指の跡がついていたが、少年は指摘しないことにした。

ベッドの上で上半身を起こす。身体中《からだじゅう》が痛かった。特に胸の辺りが痛い。そこは特に煤《すす》で汚れていて、しかもその下には赤い傷跡が見えた。

「大丈夫ですか？　ご無理はなさらず……」

わたわたと身体《からだ》を揺らす美少女。煤《すす》まみれだったが、茶色の瞳はきれいだった。

「あの、すみません、僕には何が起こったんでしょう」

少年が訊《き》くと、美少女はどこか慎重に口を開く。

「お怪我《けが》をされてしまったんです。少年さん、怖い人から私を庇《かば》ってくださいましたよね。そのときに……あの、私、何とお礼を申し上げればいいか」

「お礼はいりません。こちらこそ、助けてくれてありがとうございます」

会話をしているうちに、何があったか思い出してくる。

「あの男からは、逃げ切れたんですね」

「はい、おかげさまで……」

美少女は何やら小瓶を持ってきた。ラベルには珍妙な服を着せられたイノシシが描かれている。どうやら製薬会社のトレードマークらしい。彼女が蓋を開けると、寝室に薬草の香りがぷんと漂った。

「これ、魔法のお薬です。一口飲んでみてください」

魔法と聞いて、少年は受け取った小瓶をじっと見つめる。

「ご心配はいりませんよ。これはきちんとした市販のお薬ですので……今しがた蓋を開けたばかりですし、惚《ほ》れ薬《ぐすり》とか、媚薬《びやく》とか、そういうものは一切混ざっていませんから」

まるで市販でなければ混入しているような口ぶりだった。

だが、大変な状況になった自分を助けてくれたことについては疑いがない。少年は小瓶に入った薬を飲んだ。味は案外爽やかだった。喉から胃にかけてひんやり冷やされたかと思えば、身体《からだ》の痛みがたちまち引いていく。

「すごい、これはどういう仕組みなんですか？　まるで魔法みたいだ」

「えっと……先ほど言いましたように、魔法のお薬です」

自分が美少女であることを疑わないのと同じ具合に、美少女は自然に魔法と言った。

少年は驚いた。魔法などというものがこの世に存在するとは、思ってもみなかったから。


美少女は煤《すす》を落として、少年は服を着た。

少年の着る服は、美少女が用意してくれた。彼女は空中の何もないところから糸を紡《つむ》ぎ、布を織り、縫い合わせた。そうしてあっという間に服ができあがったので、少年はひとまず魔法というものの存在を認めざるを得なかった。

部屋を出ると、同じような扉が並ぶ整然とした廊下があった。女子寮だという。少年は慌てて美少女に案内を頼み、二人で寮を脱出する。

外には草地とまばらな林が広がり、涼しい風が吹き抜ける。野に咲く小さな花々を見るにどうやら高原のようだ。寮からは幅の広い石畳の道が一本伸びていて、その先には城塞に似た石造りの壮大な建築がある。

そちらに向かって歩きながら美少女と会話しているうちに、少年は不都合な真実に気付く。

何も憶《おぼ》えていないのだ。自分の名前さえも。

白い砂浜を越えてこの国に入ったことは思い出せる。しかしその前の記憶が存在しない。

「ああ、忘却《ぼうきやく》の浜辺《はまべ》を通ってしまったんですね」

美少女は少年がうっかり犬の糞《ふん》でも踏んでしまったかのような調子で言った。

「あそこを歩くと、忘れてしまいたいことを全部忘れてしまうんです。永久に、不可逆的に」

「え、永久に……？」

「ええ。でも大丈夫ですよ。少年さんが忘れてしまったのは、忘れてしまいたかったことだけのはずですから。そんなもの、忘れてしまえばいいんです」

ちなみに彼女が浜辺を歩いたところで、何一つ忘れることはないという。完全無欠の美少女だからだそうだ。とてつもない自己肯定感の持ち主だった。

「ところで、あの、あなたのお名前は……？」

少年が尋ねると彼女は悪戯《いたずら》っぽく笑う。

「美少女です」

名前を知られたくないのだろう。そう思い、少年はそれ以上訊《き》かなかった。

「あの、いえ、そういうことではなくて……美少女と名乗れば、少年さんは私のことを美少女さんと呼んでくださるでしょう？　そうすると私が嬉《うれ》しいじゃありませんか」

「はあ……」

本当に変な人だった。一緒にしてはいけないいくつかの人格を無理やり一緒にしてしまったような性格だな、と少年は思った。

会話をしているうちに二人は巨大建築に辿《たど》り着《つ》く。高い石積みの城門をくぐると大きな中庭に出た。他に人は誰もいない。中央に立派な服を着た男女二人の銅像が立っているばかりだ。女は遥《はる》か前方を指差し、男は胸の辺りで大きな本を開いている。

「……あの、ここは？」

「魔法を学ぶ学校です。この銅像の二人が創始者なんですよ」

「魔法を学ぶ学校？」

あまりに突飛な内容に、少年は鸚鵡《おうむ》返《がえ》しに訊《き》いてしまった。

「はい。私もここの生徒なんです！　正確には、本校の方から留学に来ているんですが……」

「どうして僕を、ここに連れてきたんですか？」

「入学の手続きをしなければいけませんから」

「入学？　え……僕の？」

「もちろん。魔法を使える人は全員、問答無用でここに登録しなければならない決まりになっているんですよ」

さっきから突飛なことばかり言う美少女だったが、こればかりは否定すべきだと思った。

「いや、僕はここに来たばかりですし……それに魔法なんて使えませんよ」

「使えますって」

「絶対に使えません」

「安心してください。創始者の双子は本当に魔法が使えなかったそうですよ。それでも二人で魔法を体系化し、制御する方法を開発し、現代魔法の基盤を築いたといいます。この学校の教育でも、魔法の使い方よりむしろ、魔法理論の追究に重きが置かれているんです」

話がずれているような気がした。

どうも美少女は、少年が魔法なるものを使えると確信しているようだった。

会ったばかりのはずなのに、何を根拠にそう思っているのだろうと少年は首を傾《かし》げる。

自分のことを完全無欠の美少女だと信じて疑わないくらいなのだから（実際に美少女ではあるのだが）放っておくのがよいだろう、と少年は議論をいったん保留した。

ところで学校は閉まっていた。休日だったらしい。

「すみません、私としたことが！　ここ数日ちょっと学校を離れていたもので、うっかり。なんだかやけに静かだな、とは思っていたんですが……」

城門をくぐって外に出ながら、少女はあわあわと謝罪した。

「数日……」

少年は思い出す。美少女が謎の男たちに追われていたことを。雫《しずく》とやらを渡せと迫られていたことを。渡さなければ殺すと脅されていたことを。

「あの、美少女さんはここ数日、何を……？」

その質問で初めて、美少女は困ったように口籠った。物憂《ものう》げな視線を少年に向ける。

「少し……歩きませんか」

今までも結構歩いていたような気がするが、少年は気にしないことにした。

美少女は少年を連れて砂利道を歩く。寮からも学校からも遠ざかり、牧場の間を縫うように進む。放牧された牛たちが自由に寝そべり、牧場らしいにおいが優しい風に乗ってほのかに漂ってきた。のどかで美しい場所だった。

「私の持っていた禊《みそぎ》の雫《しずく》が、悪い人たちに狙われていたんです」

と美少女は少年に説明した。これは私と少年さんだけの秘密ですよ、と断りながら。

禊《みそぎ》の雫《しずく》とは、楔《くさび》のような形をした、貴重な魔法のアイテムらしい。

人に魔法を与え、いかなる呪詛《じゅそ》をも消し去り、いかなる守護をも打ち砕く、奇跡の結晶。

これまで一六年間生きてきたなかで、なんとか二つだけ手に入れたのだという。美少女には
その雫《しずく》を守る秘密の使命があるということだった。

その割に少年には何でも話すのが、彼には不可解に思えた。

「雫《しずく》って、どんなものなんですか？」

当然見せてもらえるものだと思いながら、少年は訊《たず》ねた。

「とってもきれいなものですよ。あまりの魅力に心を奪われてしまう人がたくさんいます」

期待のこもった少年の視線に美少女は頬を染める。

「いえ、確かに私もそうなんですが……これはあくまで雫《しずく》の話で……」

それは知っていた。

「どこか安全な場所に隠してあるんですね」

「あ、えっと、そういうわけでもなくて」

なんだか歯切れが悪くなってきたな、と少年は思った。そして考える。自分が意識を失った
後、この美少女はどうやって男たちから逃げたのだろう――。

「まさか……あの男たちに渡してしまったんですか？」

「それはありません！　この命を賭けても、悪の手に渡してはならないものなんです」

と美少女はすぐに否定した。そこだけは譲れないようだった。

「……あの、何と言えばいいんでしょう、ある種、なくなってしまったんです。いえ、落としてしまったわけではないのですが、色々あって、二つとも……」

嘘《うそ》をつけない性格らしい。ごにょごにょと回りくどい言い方をしながら、少年の胸の辺りを横目でちらりと見てくる。

少年はふと立ち止まった。

「……どうされましたか？」

美少女の問いかけを無視して、少年は自分の胸元を覗《のぞ》き込《こ》む。赤い傷跡。いくつかの違和感が繋《つな》がっていく。

男の杖《つえ》を触ったときに生じた黒い網目のような痣《あざ》はどうなったのか。なぜ美少女は、少年のことを魔法使いだと断言するのか。なぜ大切なはずの秘密をペラペラと話してくれるのか。禊《みそぎ》の雫《しずく》はどこへ消えたのか。

「まさか――」

「ごめんなさい！」

美少女は突然、深々と頭を下げてきた。

「その、実は、私、勝手に……」

美少女の目にはうっすらと涙が浮かんでいた。

「他に手がなかったんです……少年さんは致死の呪いを受けていました。解除する方法は一通りだけ、それも私の懐《ふところ》に揃《そろ》っていて……」

やはりそうか、と少年は思う。美少女は禊《みそぎ》の雫《しずく》を、少年を救うために使ったのだ。魔法を知らなかった少年は、そのせいで魔法使いになってしまった。

「二つとも僕に使ったんですか？」

「はい、そうなんです。魔法使いでない方の呪いを解くには、まず一つを使って魔法使いになっていただく必要があって……本当にごめんなさい！」

何度も深々と頭を下げる美少女に、少年は動揺する。あれほど自信満々の美少女がどうしてそんなに謝るのかが、彼には分からなかったのだ。

「いえ……あの、別に謝らないでください。むしろ僕が感謝しなければならないくらいです。命を助けてもらったんですから」

そこまで言って、少年は考える。

「でも大丈夫だったんですか？　僕のために、貴重な雫《しずく》を二つも使ってしまって」

美少女は涙目のまま微笑《ほほえ》む。

「実のところ、あまり大丈夫ではなさそうです」

「………」

少年は唖然《あぜん》とするしかなかった。

「これからしばらくは、私と一緒にいていただかなくてはなりません……」

「そう、なんですね」

どうせ記憶もないし、行き場もない。別に悪くはないか、と少年は思った。

それに少し変な人ではあるが、美少女であることに変わりはないのだ。

「一兆年に一度の美少女だなんて……そんなに褒めても何も出ませんよ」

その一兆という数字がどこから出てきたのか甚だ疑問だったが、少年は笑って誤魔化す。

自信しかない彼女の姿を見ると、なんだか元気をもらえる気さえしてきたのだ。

考え事をするときによく来るというお気に入りの場所を、美少女は少年に案内してくれた。

学校のちょうど裏手に当たる場所。見晴らしのいい草地だった。切り立った岩肌がそびえる崖の近くに、何やら石碑の集まる一角がある。近づいてみると墓地のようだった。

「お墓で考え事をするんですか」

「とっても素敵な場所なんですよ。ずっと昔、まだ世界がばらばらだった義足の英雄の時代から続く墓所で……私の祖先のお墓もあります」

少年は義足の英雄とやらを全く知らなかったが、どうやらこの国では、そんな時代があったことになっているらしい。

ずっと昔という言葉通り、墓所は由緒《ゆいしょ》正しく古めかしいつくりだった。しかしどこかほのぼのとした感じもする。その雰囲気の正体は、豚だった。ある一角では、墓石に文字だけでなく豚の絵まで描かれているのだ。土の上に点々と置かれた石畳には豚の蹄《ひづめ》の跡らしき模様まで彫られている。可愛《かわい》らしい豚の彫刻も置かれていた。ここが美少女の祖先の墓所だという。

「どうして豚なんですか」

少年が訊《き》くと、美少女は嬉《うれ》しそうに語る。

「私の家の始祖は、神の血を受け継ぐ絶世の美女だったと言われています。そしてその方は、豚さんと結ばれたと言われているんですよ」

神の血やら絶世の美女やらはさておき、聞き捨てならない言葉が混じっていた。

「豚と……？　どういうことですか」

とても目の前の美少女に豚の血が入っているようには見えない。

「よく分かりませんが……そういう言い伝えがあるんです」

「その二人のお墓は、どこですか」

せめて名前くらいは確認しようと思い、少年は訊《たず》ねた。

美少女は楽しそうに微笑《ほほえ》む。

「ないんです」

「ない？」

「ええ。始祖のお墓はここにはありません。代わりに、私にはこれが」

美少女は胸のボタンを一つ外して、黒ずんだ銀色のペンダントを取り出した。

「少年さん、ちょっとこちらへ来てくれませんか。特別に中を見せて差し上げます」

彼女の手が少年の肩に優しく置かれる。美少女は彼を隣に引き寄せた。至近距離で彼女の胸元を覗《のぞ》き込《こ》む形になり、少年はドキドキする。

「ち、近くないですか」

「近づかないと見えませんよ」

美少女はそう言うと、ロケット型のペンダントの蓋をぱかりと開いた。

中身は真っ黒だった。

「何も見えないですね……」

「まあ、私としたことが！　煙幕の魔法を仕込んでおいて、洗うのを忘れていました」

美少女はどこからともなく白い布を取り出して、ごしごしと汚れを拭きとる。黒い煤《すす》の下から出てきたのはつややかなガラスの表面だ。透明なガラスに焼き付けられた少女の姿。古いのと煤《すす》まみれなのとでよく見えなかったが、美少女に雰囲気の似た少女だった。

そして、その隣には豚がいた。

「私と同じくらいのころに撮ったものだそうです。不思議なお写真でしょう。このペンダントを受け継ぐ一族が、代々禊《みそぎ》の雫《しずく》を守っているんですよ」

「この二人――というか一人と一匹は、どうなったんですか」

「分かりません」

美少女の声に寂しそうな響きはなかった。むしろ羨むような顔で、彼女は遠くに目をやる。

「美女さんと豚さんは、一緒に『終わりのない旅』に出たと言われています。どこか遠くの地で眠っていらっしゃるのかもしれませんし、もしかすると、まだどこかで旅を続けていらっしゃるのかもしれませんね」

まさか、と少年は思う。それではまるでおとぎ話ではないか。

美女と豚が終わりのない旅を続けているなんて。

その血を引く魔法使いの美少女が、自分のために貴重な魔法の品を使ってくれたなんて――これほど面白いことがあるだろうか。

野に咲いた花々が揺れる。見晴らしのいい高台なのに、風は穏やかで心地よかった。

目の前でそよ風を浴びる美少女を眺めて、少年はどこか幸せな気持ちになってくる。

昔々、あるところに――そんな物語を想像する。

少年は目を閉じて、遠い昔に想《おも》いを馳《は》せた。

一人の少女と一匹の豚の、終わることのない物語に。

あとがき（n回目）

お久しぶりです、逆井《さかい》卓馬《たくま》です。シリーズも遂《つい》に最終巻となりました。気付けばあれからもう四年が経《た》とうとしています。「あれ」とは何かをぼかさずに言うと、豚と少女が冒険の旅に出る珍妙なタイトルの小説が世に出た日、二〇二〇年三月一〇日のことです。

この四年間は波乱の日々でした。まさかあの金髪美少女が私の部屋を訪れるとは――という冗談はさておき、豚レバとともに過ごした四年間は私にとって忘れ難《がた》いものになりました。

ジェスや豚さんや仲間たちのことを毎日のように考えていました。原稿に詰まって歩いた海沿いの散歩道は彼らとの旅路です。雪に包まれたカフェで執筆しつつ飲んだコーヒーはメステリアの思い出の味になりました。この感情だけで本が一冊書けてしまいそうな気がします。

小さいころから、私を違う世界に連れていってくれるファンタジー小説が好きでした。それを自分の手で書くという仕事を、こんなに長いあいだ続けていられたなんて、とてつもなく幸せなことだと思っています。メステリアはもう私にとって実在するに等しい世界です。

これほど幸せな仕事をこれだけ続けることができたのは、何よりここまでついてきてくださったみなさんのおかげです。本当にありがとうございました。

読んでいただけるだけでも嬉《うれ》しいのに、応援してくださる方、レビューや感想を書いてくださる方、サイン会に来てくださる方、ファンレターをくださる方もいて……様々な形でたくさん元気と幸せをいただきました。感謝の気持ちでいっぱいです。


本シリーズはたくさんの方々のお力添えをいただき、ここまで来ることができました。

まず敏腕編集の阿南《あなん》さん。アマチュアだった私を見出《みいだ》し、1巻からここまでずっと伴走してくださいました。今や電撃文庫の編集長になられたようですね。打ち合わせでは毎回鋭い指摘をくださり、おかげでシリーズがどれほどよくなったかは計り知れません。

7巻から担当として加わってくださった本山《もとやま》さん。あとがき（7回目）の伏線を回収していなかったことに今さら気付いたのですが、実は二人目の担当「Mさん」は、VTuberとしても活躍していらっしゃった本山らのさんだったのです！　仕事が的確で本当に助かっております。

毎回素晴らしすぎるイラストをくださる遠坂《とおさか》あさぎ先生。登場人物たちの可愛《かわい》さも、格好よさも、彼らのドラマも、先生のイラストなしにはここまで表現できなかったと思います。

コミカライズを担当してくださっているみなみ先生。原作を解像度高く表現してくださる先生の漫画が本当に好きで、今も原稿のチェックが上がってくるのを毎回楽しみにしています。

他、出版や流通に携わってくださったすべての方々に、心より御礼申し上げます。

アニメなどの展開も、大勢の方々のお力添えにより実現しました。私も少し関わらせていただき、映像や音声を作品として仕上げることに大変な労力がかかることを改めて感じました。

project No.9・アニプレックスの方々をはじめ関係者のみなさんには頭が上がりません。

松岡禎丞《まつおかよしつぐ》さん、楠木《くすのき》ともりさんをはじめとしたキャストのみなさん。アフレコに参加した際には、みなさんのおかげで登場人物たちに命が吹き込まれたと本気で感じました。

ＯＰテーマ「私が笑う理由は」を担当されたＡＳＣＡさん。ＥＤテーマ「ひとりじゃないよ」を担当されたＭｙｕｋさん。豚レバの物語に寄り添ってくださったこの二曲は私の宝物です。（アニメをご覧になっていない方もぜひ聴いてみてください！　素晴らしい曲です！）

他にもお礼を言いたい方はたくさんいるのですが、ページが残り少なくなってきましたので私信を。第26回電撃小説大賞同期のみなさん。作家仲間として本当に心強い存在です。これからも仲良くしてください。また、買ったよ、読んだよ、アニメ見たよ、と言ってくださる知り合いのみなさん。恥ずかしくて毎度上手《うま》く反応できないのですが、本当に嬉《うれ》しいです。

そして大好きな祖母へ。

私の作家デビューは、実を言うと一年ほど前まで家族には完全なる秘密だったのですが、予期せぬ出来事が重なって、遂《つい》に家族の知るところとなり……つい最近、なんと祖母が豚レバを読んでくれました。１巻あとがきの伏線がここで回収されるとは思ってもみませんでした。「たそ」とはどういう意味なのか、私はこれから真剣に考えなくてはならないようです。

最後にお知らせがあります。

逆井卓馬の新作〝〈理学部《りがくぶ》〉シリーズ（仮）〟が、電撃文庫にて年内スタート予定です！！！

科学好きの高校生たちが日常の謎に挑むちょっぴり理系な青春ミステリとなっております。まるっと第一章全体の掲載された試し読みが、すでに電撃ノベコミ＋で読める状態になっているかと思います。次のページのQRコードから読んでみていただけますと幸いです！

第一章は、理系の少年が理系の少女と出会い、桜が形作るハートを見つけにいく、という日常の謎解きで、単体でも楽しめる内容です。主人公たちは豚さん顔負けの知識と観察眼を駆使し、身近な不思議と向き合っていきます。ファンタジーと青春ミステリ、全く違う物語ではありますが、「n回目」まで読んでくださった方ならばニヤリとできるかもしれません。

豚レバ関連でもお知らせがあります。アニメ円盤特典の学パロボイスドラマ「豚レバ学園」の脚本は逆井が担当しており、また本書と同時発売の遠坂あさぎ先生画集「Lumiere」にも逆井書き下ろし短編が掲載されております。もしよろしければこちらもご確認ください……！

シリーズが終わったとしても、私がこの物語ときっぱりお別れすることはできない気がしています。お仕事もいつかまた機会があれば……と思わずにはいられません。

そうでなくても、彼らは勝手に歩み続けてくれることでしょう。

この物語が誰かに読まれ続け、みなさんの心で生き続けることを祈っております。

それでは、またどこかでお会いしましょう。

二〇二四年二月　逆井卓馬

遠坂あさぎ画集
Lumiere
発売中
『豚のレバーは加熱しろ』イラスト
多数掲載！
CHECK!!
逆井卓馬
書き下ろし小説
『水着を見なきゃ帰れない』
の掲載も！

◉逆井卓馬著作リスト

「豚のレバーは加熱しろ」（電撃文庫）
「豚のレバーは加熱しろ（2回目）」（同）
「豚のレバーは加熱しろ（3回目）」（同）
「豚のレバーは加熱しろ（4回目）」（同）
「豚のレバーは加熱しろ（5回目）」（同）
「豚のレバーは加熱しろ（6回目）」（同）
「豚のレバーは加熱しろ（7回目）」（同）
「豚のレバーは加熱しろ（8回目）」（同）
「豚のレバーは加熱しろ（n回目）」（同）

本書に対するご意見、ご感想をお寄せください。

ファンレターあて先
〒102-8177　東京都千代田区富士見2-13-3
電撃文庫編集部
「逆井卓馬先生」係
「遠坂あさぎ先生」係

本書は書き下ろしです。

電撃文庫

豚《ぶた》のレバーは加熱《かねつ》しろ（n回目《かいめ》）

逆井卓馬《さかいたくま》

2024年3月10日　初版発行

発行者　山下直久
発行　株式会社KADOKAWA
〒102-8177　東京都千代田区富士見2-13-3
0570-002-301（ナビダイヤル）
装丁者　荻窪裕司（META＋MANIERA）
印刷　株式会社暁印刷
製本　株式会社暁印刷

●お問い合わせ
https://www.kadokawa.co.jp/（「お問い合わせ」へお進みください）
※内容によっては、お答えできない場合があります。
※サポートは日本国内のみとさせていただきます。
※ Japanese text only

※定価はカバーに表示してあります。

ISBN978-4-04-915438-2　C0193　Printed in Japan

電撃文庫　https://dengekibunko.jp/